GAEA

Gaea

我的室友陳小姐是個鬼

My Ghost Girlfriend

①

醉琉璃 著

我的室友陳小姐，是個鬼

目錄

Main Story

我的室友陳小姐，是個鬼

另一個陳小姐

陳小姐是我的新室友。
剛搬進來沒多久，是個辛苦的上班族。
每天都能看見她滿臉疲倦地起床，再滿臉疲倦地回到家。
包包隨意一扔，整個人癱在沙發上就不動了。
我也不好意思吵她，只能盡量安靜地待在房間裡。
只是有時候，還是會控制不了自己。

陳小姐今天也隨便買了超商的東西回來當晚餐。
她打開電視，音量開得有些大。
我覺得吵，但還是不好意思跟她說，因爲我有時候也會製造噪音。

陳小姐的手機突然響起。

她接起電話，喂喂了幾聲，然後把電視聲音轉小。

於是她跟朋友的聊天變得很清楚，陳小姐在喋喋不休地抱怨。

「我真的要受不了了，才搬來沒多久，半夜老是會聽見有人亂敲牆壁的聲音……搞得我常常睡到一半驚醒，也不曉得是哪一樓那麼缺德！」

「這裡沒有管理員啊，要找人投訴都不知道怎麼找。我再忍個幾天，要是再有這種狀況，我就要跟房東講……氣死我了，害我上班沒精神，老闆都釘我好幾次了。」

房東沒老實跟她講。

一年前，我在她如今睡的房間上吊自殺了。

所以到現在，我的腳總是會在某個時間點，控制不住地踢上牆壁。

咚、咚、咚……

我的室友陳小姐

陳小姐是我的新室友。

這句話也許會有人覺得似曾相識。

如果你在別的地方看過，可能看到了我寫的創作文。

那麼，我得先聲明一句。

我是人，不是鬼。

回到原來的話題上，陳小姐是我的新室友。

她幾乎是不見蹤影，安靜得讓人感受不到存在。

除非跟我一樣，有靈異體質。

對，陳小姐才是鬼。

我搬進台北這間頂加套房的時候，房東當然沒跟我說，這裡還住著一名鬼魂——恐怕他也沒想過他的屋子一直有「人」非法入住。

套房的大小中規中矩，差不多十坪左右，還可以隔出客廳跟房間，廚房就別想了，當個外食族比較實在。

總之我搬進來第一天，就發現了陳小姐的存在。

除了我的體質之外，還有一張起碼飄到我眼前五次以上的身分證影本。上面的照片有些模糊，看得出是名年輕女性，名字是陳○○，從出生年月日來看，年紀與我差不多大。

第一眼看到那張紙，我以爲是前任房客留下的，不過當它一而再、再而三地以各種不科學的方式硬飄到我眼前，我就知道……有鬼。

我也不是第一次碰到阿飄了，但和阿飄同住還是頭一回。

「陳小姐，我們不要爲難彼此，好好相處吧。」我拿出三根香菸點燃，插在小杯子裡，眞心地和看不見的室友溝通。

沒有突來的怪風吹熄菸，我就當是對方同意了我的要求。

雖然我還眞希望她把菸吹熄，媽的，三根菸的味道比我預想的要嗆。

於是我與陳小姐的同居生活就這麼開始了。

每天當完社畜回到套房裡，我就累得像條死狗，恨不得癱在沙發上，最好來個誰替我脫鞋脫衣卸妝洗臉，順便把飯餵到我嘴邊。

陳小姐擺明不想這麼幹。

她是個安靜且缺乏存在感的室友。

要不是第一天的身分證影本事件還記憶猶新，我都快忘記我有個鬼室友了。

社畜每個禮拜最期待的就是放假，可以盡情看我愛的CP打炮。

CP就是配對。

打炮，這兩個字應該不用我特別解釋了。

簡單來說，就是看我愛的某部作品的角色A和角色B上床上得乒乒乓乓，愛死了。

這是我搬進來的第一個週六，也是我搬進來後準備要度過的第一個假日。

我抱著崇敬的心情，點開了電腦，打開了雙螢幕。

左邊開B作者的美圖，右邊開C作者的美圖。

高清無碼，純肉色，愉悅。

宅宅社畜的快樂就是這麼樸實無華。

我感到心跳加速，臉上控制不住地浮現奇異的笑容，然後我入住以來都安安靜靜的室友在這一天，徹底彰顯了她的存在感。

陳小姐用野獸咆哮般的音量在套房內怒吼著：

「不准——逆我的CP！」

……幹，是對家粉。

陳小姐和鄰居們

我搬了家，有個新室友。
室友姓陳，還是個鬼。
陳小姐一直以來都很安靜，靜到像是不曾存在。
直到某天夜晚，我開了心愛大大畫的澀澀圖，逆了她的CP爲止。
我愛ＡＢ，她愛ＢＡ。

而現在，
陳小姐是我的舊室友。
我把她開除了，
在我的夢裡。

非常遺憾地，貧窮社畜的我還是屈服於這裡的便宜租金。

在台北想要找到一個月租五千、不含水電但包網路還附家具的十坪套房，簡直是天方夜譚。

我當時眞的太大意了，也可以說金錢迷惑了我的眼睛。

我自己都知道這種價位的屋子在台北幾乎不可能出現，即使頂加還沒電梯都不可能有。

我應該更敏銳地發現，這當中一定有不可言說的理由。

除了有陳小姐在這以外的理由。

再重複一次，陳小姐是個鬼。

老實說我這個人有點粗心大意，找房子前不會特意上網搜房屋的相關討論，所以直到同事拎著啤酒來訪，我才從她嘴裡知道眞相。

「妳居然敢住這裡？」同事邊喝著酒，邊一臉敬佩地看著我，「這棟很有名耶。雖然是滿多年前的事了，大概只有本地人比較知道，妳樓下那層出過意外，還不只一次。」

不，其實我這間也有，陳小姐就是最好的證據。

但我沒跟同事講，我怕她立刻把啤酒與宵夜全部打包帶走。

同事和我瞎扯到九點多就不顧我的挽留，毫不心軟地離開這裡。

想著同事說的事，我終於上網搜了一下。

還眞的。

自殺、事故、孤獨死。

到一年前爲止，四樓因爲非自然原因死亡的房客起碼有七個人。

……好喔，怪不得一到四樓到現在都無人入住，便宜到靠杯的頂加也才會這麼簡單被我租到手。

雖說我有靈異體質，從小到大看的鬼不算少，但不表示我想要和一群鬼同樂。

我決定再貢獻出三根香菸，問問陳小姐。

「陳小姐、陳小姐，在的話請把菸吹熄。」

毫無動靜，陳小姐鳥都不鳥我，也許是她不爽我把她當筆仙或碟仙在問吧。

那我就單刀直入。

「陳小姐，除了妳之外，我這應該沒有別的鬼吧？」

香菸還是沒熄，但我耳邊冷不防出現了詭異的輕笑聲。

僅僅一聲，就在我心頭烙下不祥的預感。

而這個預感在今晚成眞了。

突來的寒意從腳底一路竄上，令我頭皮發麻，連帶地逼得我睜開眼睛。

睡覺時我習慣留盞小燈，也因此即使大半夜我仍能看清周圍景物。

一、二、三、四、五、六、七。

七條蒼白半透明的人影圍在我床邊，有男有女，有老有少。

他們彎身俯視著我，面無表情，雙眼是黑漆漆的窟窿。

空氣像結了冰般寒冷。

之前聽到的詭異輕笑又出現了。

那是陳小姐的聲音。

「為了感謝妳替我買了一台筆電，讓我能夠找糧吃，雖然我們互逆，但我也幫妳找了同伴，他們可以陪妳一起聊CP。」

……謝謝。

但是大可不必。

我不買筆電的話，妳每天夜裡都會在我耳邊洗腦ＢＡ最棒。

保護室友，陳小姐有責

七月一日鬼門開。

七月十五中元節。

這兩個節日對我來說沒什麼太大意義，但也不能說完全沒關係。

沒意義，因爲我是人又不是鬼。

有關係，因爲我能看見鬼，也就是俗稱的陰陽眼。

我還有個阿飄室友，她姓陳，我喊她陳小姐。

平時我們各過各的，互不干擾。

只不過互不干擾不代表沒有影響。

畢竟自從我爲她買了新筆電後，我半夜起床上廁所時，老是能看到她抱著筆電，上網刷她心愛的CP糧。

地點包括但不限於牆角、天花板、桌子底下、床鋪底下、衣櫃裡……

這對我心臟眞他媽的不友善。

好不容易等來了農曆七月，我以爲陳小姐總該暫時離開這裡，回去她老家看看之類的。

結果沒有。

陳小姐抱著筆電在我房間快樂轉圈圈，因爲她追蹤的大大今天又發糧了，她一邊轉一邊跟我說：

「妳一個人太寂寞了，我要好好陪妳。」

呵呵。

我看妳只是饞我的筆電、我的網路，還有我（被迫）替妳找的CP糧。

既然陳小姐不打算外出放風，我也沒辦法趕她出去，畢竟論資歷，她還比我早住在這。

而且說起來，她這時候留著，對我也是有好處的。

七月，鬼月，四處亂竄的阿飄比任何時間來得多。

我不知道陳小姐到底有多「凶」，但家裡有她在，至今外面沒有一個阿飄敢隨便闖進來。

以前被她硬抓來陪我聊CP的那幾位不算，謝天謝地他們已經不來了，尬聊眞的很痛苦。

我以爲這個七月也能平靜度過

偏偏人生總是喜歡冒出一個BUT。

這一晚我姨媽剛好來拜訪，讓我虛得連追番嗑CP的動力都沒有，只能爬上床直接現場表演躺屍。

陳小姐也知道我生理期時容易暴躁，她抱著她的筆電到客廳去，把關了燈的房間留給我。

可能是今天咖啡灌太多，我明明覺得意識快要渙散，卻老是沒辦法徹底進入夢鄉。

我惱火地睜開眼睛盯著天花板，盯了半晌又感到無聊，乾脆側身改盯窗外，起碼那裡還有一條人影站著……

幹不是吧！有人站在那裡！

我心臟一縮，反射性就想從床上跳起來。無奈這個月的姨媽太凶殘，打得我連動作的力氣都無法蓄集。

但是窗邊人影已經察覺到我的動靜，他的腦袋忽然一百八十度扭轉，朝我露出一個大大的詭異笑容。

陰陽眼其實挺沒用的，就只能看，不能光憑看把鬼嚇跑。

逼不得已，我只好祭出壓箱法寶。

「陳小姐——」

那男鬼顯然被我的大叫弄得措手不及。

他連脖子以下都還來不及一起轉過來，就被冷不防出現在他面前的陳小姐一巴掌搧飛了。

飛得挺遠，直接成爲黑夜裡的一顆流星。

「想要騷擾我的室友，除非 OVER MY DEAD BODY——」

陳小姐的怒吼聲還在我的房間裡激情迴響，久久不散。

我很感動陳小姐的室友之情。

但是，

別說 DEAD BODY 了，

妳現在根本是 NO BODY 吧。

小熊

假日要幹什麼？

對一個朝九晚……晚不知道到幾點的社畜來說，當然是睡到自然醒。

但今天不行。

今天我得陪一個朋友去看房子，幫她看看那裡到底乾不乾淨。

也就是有沒有鬼。

因爲我有陰陽眼。

朋友跟我是國中同學，相當聊得來，彼此的中二黑歷史知道得一清二楚。

例如朋友以前的網路暱稱叫作冰夢蝶影·南宮·夢幻之淚。

現在返璞歸眞，叫回現實暱稱小熊。

至於我，我的暱稱叫小蘇。

因爲本名裡有個蘇字，以前網路暱稱叫七彩瑪麗蘇，現在則是改成了七彩克蘇魯。

都有個蘇，很好。

我和小熊約在星巴克見面，先跟她敲詐一杯大冰拿後，就一起去她想租房的那棟大樓。

房東已經在大樓門口等我們了。

小熊想租的房子在B棟十一樓，進去必須刷門禁卡，搭電梯也得刷門禁卡，公寓還有雙重大門，從安全性來看還不錯。

房東熱情爲小熊介紹。

小熊嗯嗯嗯地應付著，拉著我在屋裡東晃西晃，邊晃邊偷偷問我看起來覺得如何。

我停下喝拿鐵的動作，「如果妳不介意以後坐在客廳看電視的時候，前面有一雙腳在晃的話。」

小熊一開始沒反應過來，隨後她大力抓住我的手臂，恨不得整個人掛在我身上，「上……上吊嗎？」

我望了一下站在客廳的房東，那雙腳現在正好在他前面。

「小姐，還是妳想看看別間？我樓上還有一間也在出租。」房東笑呵呵地說。

小熊巴不得趕緊離開十一樓，拉著我就想隨房東走。

有人在我耳邊笑。

不是掛在客廳的那個，是跟在我身邊的這個。

我沒對小熊說，今天的我其實是買一送一。

我有個室友，她姓陳，我喊她陳小姐。

她是個鬼，而且現在就飄在我背後。

我本來以為她是個地縛靈，不能隨意外出。

但她說我們是CP之友，這份羈絆增強了她的力量，讓她得以暫時離開公寓。

什麼CP？一起逆彼此的CP嗎？

聽起來就像在唬爛。

「樓上還有一個。」陳小姐的聲音只有我聽得到。

喔，還有同是阿飄的客廳某某先生可以。他一下子就抓著脖子上那條繩子鑽進房間裡，速度快得像屁股有火在燒。

我猜他是被陳小姐嚇跑了。

「比這個還麻煩。」陳小姐把剛剛的話說完，「用你們的話來講，就是比較……」

凶。我默默在心裡接上這個字，然後用最快速度帶小熊遠離這棟大樓。

不用我多說，小熊也猜得出來十二樓那間有東西了。

她哭喪著臉，對自己找房的運氣有點絕望，差點連踩兩間凶宅，她都不曉得下一間該找哪了。

陳小姐飄在我身邊，細聲細氣地幫忙出主意，「妳可以叫妳朋友搬來我們這住呀，樓下空房還很多。」

呵呵。

叫她來有八隻鬼的公寓住？

我看妳是想讓她打死我，讓我成爲第九個。

附帶一提，陳小姐也有個網路暱稱，她上次跟喜歡的畫家大大表白時被我看到了。

叫「我掏出來比誰都大」。

B棟十一樓

凌晨一點半。

那個聲音又出現了。

砰！砰！

十二樓的人不知道在搞什麼，製造出如此大的動靜。

聽起來像有誰拿著球棒或是其他東西，毫不留情地一下下用力砸向地面。

驚人的響動讓住在樓下的林先生嚇一跳，反射性劇烈起身。

或許是他的反應太大，波及到身旁家具，隨即而來的是一張椅子跟著倒下，發出「叩咚」的沉悶聲響。

林先生趕緊扶起椅子，只希望十樓的住戶不要投訴他，他真的是不小心的。

十二樓的人還在使勁砸著地面。

一下、兩下、三下。

林先生數到十的時候……

謝天謝地，噪音終於停下，樓上恢復一片安寧。

不過就算這樣，隔天一早，林先生還是搭電梯下樓，打算向他們這棟大樓的保全抱怨一番，希望對方能約束一下樓上鄰居的擾人行爲。

林先生沒想到自己剛好碰上保全交接的時間。

夜班和日班的人都在場，時機正合適，但他卻看見年輕的夜班保全愁眉苦臉地跟人抱怨。

「昨晚B棟十樓一直打電話投訴樓上太吵，一下說有人拿球棒敲地板，一下說聽見椅子被踢倒的聲音。我上去看過了，十一樓很安靜，我還特地去十二樓看，也沒聽到什麼聲音啊。」

「當然不會有聲音。」年長的日班保全拍拍這名臨時被抓來代班的年輕人，

「去年十二樓的老公喝醉酒，拿球棒打死老婆，十一樓的那個年輕人上吊自殺，那兩層樓到現在都還沒租出去啊。」

陳小姐輸了

我有個室友，她不是人。

這不是在罵她，雖然我內心的確常常想罵她。

她真的不是，活的人。

她是個鬼，我都喊她陳小姐。

重點不是在我的室友是個鬼還姓陳上。

而是在我曾買了一台筆電給她。

現在，我的電腦掛了，我虎視眈眈地盯上了陳小姐的筆電。

沒辦法，外面溫度起碼三十八度，我連一步都不想踏出去。

筆電是我買的，就算還在分期付款，但錢的確是我出的。

嚴格說起來，我才是筆電的主人吧。

我提出了以上的看法，換來陳小姐的裝死沒聽見。

喔，她早就死了，不用裝。

至於一起分享筆電、一起刷圖、刷漫畫、刷動畫這種事……

別鬧了，不是在互逆CP就是在準備互逆CP路上的我們，是不可能在這種事情上和平共處的！

我祭出大絕，「我問妳一個問題，妳回答得出來，我就不跟妳搶筆電，不然我直接拆了數據機。」

大家一起來互相傷害啊。

陳小姐屈服了，「只能日常相關。」

「沒問題。」我要出題了，「三分鐘之內，告訴我魷魚烏賊軟絲花枝鎖管小管小卷中卷透抽的差別在哪裡！」

然後。

然後陳小姐當機了。

我抱著我的戰利品坐回床上，結果有個硬東西抵到了我屁股。

嗯……我居然忘記手機塞在屁股後的口袋裡了。

「拿去用吧。」我把手機丟給了陳小姐。

麻雀雖小，好歹五臟俱全，靠著家裡 Wi-Fi，上網吃糧嗑CP還是做得到。

陳小姐立刻從當機狀態重新開機，她捧著手機，眼睛閃閃發亮，周身也閃閃發亮。

彷彿在對我訴說，我是電我是光我是她唯一的神……

幹！阿娘喂！

陳小姐身上眞的放出電光了！

興奮過頭的陳小姐引發了騷靈現象，藍白色的電流啪滋亂竄，最後竄到數據機上。

數據機瞬間迸出小小火花，冒出縷縷白煙，上面的綠燈徹底熄滅。

我沉默。

陳小姐也沉默。

好喔，大家今天一起餓死吧。

陳小姐的室友被騷擾了

「蘇小姐！」

午休時間，我剛拎著買好的便當回到公司，就聽見了這道聲音，好心情登時消失大半。

我回過頭，果然是那個外送員。

或者應該說，曾經接過我的單的外送員A。

我自認長得普普通通，大部分時間還板著臉，從來沒想過被一見鍾情這種事會發生在我身上。

而且我才不姓蘇，只是暱稱有個蘇字而已。

A說他在那次外送對我一見鍾情，想和我交個朋友。

我沒興趣，拒絕了他。

他起初在公司大樓外與我多次「偶遇」，然後今天直接堵到公司門口。大樓對訪客的管理不夠嚴格確實讓人頭痛。

A的手裡拿著一杯飲料，笑容靦腆，「這個請妳。」

「不用。」我三言兩語地想結束我們之間的對話，「我們不熟，你別再出現，我很困擾。」

「多相處就會熟了，妳可以給我機會嘛。」A不屈不撓，飲料往前遞。

「我們不適合。」

「妳沒和我相處過怎麼知道？」

啊，這人好煩。我下班要去跟管理員抗議，怎麼可以輕易放人上來？

我對A視而不見，只想趕緊刷卡進公司。

A卻在門快關上的時候猛然上前一步，想將飲料塞進來。

我還沒做出反應，有人先接下那杯飲料了。

「我幫小蘇謝謝你了。」組長笑咪咪地說，「年輕真好啊，加油喔。」

A笑得更靦腆了，心滿意足地離去。

「小蘇啊，別人的心意別隨便拒絕嘛。」組長直接把飲料放到我桌上。

「我已經拒絕他了，很多次。」等等我就要把飲料拿去倒，「我不知道他爲什麼還要過來。」

「那一定是妳拒絕得太委婉。」組長摸摸下巴，「如果眞不喜歡他，就強硬一點，不要給人希望啊。」

「好的沒問題，我下次直接報警。」我做出保證。

「妳這也太強硬了，怎麼不給人留點面子？」組長看我的表情就像是孺子不可教。

「……最煩這種人了。」和我感情不錯的同事靠過來，我們除了是菸友之外，也是宵夜友。她對著組長的背影大翻白眼，「話都他在講，出事了肯定又會跳出來說 NOT ALL MEN。委婉不行，不委婉也不行。」

同事對我攤攤雙手，一臉無語。

「難不成要委婉與不委婉之間，薛丁格的拒絕嗎？」

這句話戳到我笑點，讓我大笑起來。

聽見笑聲的組長回過頭，大概是我面無表情大笑的樣子嚇到他，他緊皺眉頭，嘟噥幾句又快步離開。

一下班，和管理員說明了A的事，我這才拎著包包往回家的路走。

公司距離我住的公寓不會太遠，大概半小時路程，我都當成運動。

走著走著，就聽見後面有腳步聲。

我沒放在心上，只以為是其他路人。

但當我彎進巷子裡，腳步聲還是緊跟在我身後的時候，我開始覺得有些不對勁了。

我走路的速度沒有減慢或加快，而是拿出手機，將相機轉成自拍模式，透過鏡頭確認身後的景象。

是A。

A跟在我後面，他尾隨我。

我突然的轉身明顯嚇到A，他露出慌張的表情，隨後又擺出笑臉。

「嗨，好巧。」

「巧你媽。」我冷漠地說，「別跟著我，不然我報警。」

「我只是碰巧在這遇到妳，剛好順路嘛。」A還是嬉皮笑臉。

我不想多理會這個人，乾脆加快速度往租屋處跑。

我聽到A在後面笑了一聲，腳步聲依舊緊追在我身後不遠處。

大概覺得我眞傻，直接暴露地址。

我住的地方是棟老公寓，自然不會有警衛或管理員，門口是一扇油漆有些斑剝的紅鐵門，門後是水泥樓梯，扶手也鏽跡斑斑。

腳步聲進到公寓裡了。

我站在樓梯上，轉過身，見A滿臉愉快地仰頭望著我。

「我警告過你了。」我說，「既然你這麼想不開，乾脆別當人了吧。」

A只當我在講笑話，「不當人，當妳男朋友嗎？」

「當然不是。」

幽幽細細的聲音替我回答。

A愣了一下，他的表情先是茫然，接著轉爲驚恐，他的眼睛越瞪越大，彷彿要從眼眶裡突出來。

一隻半透明的手臂從我肩後探出來，垂在我胸前。

就算不回頭，我也可以想像出身後的畫面。

黑長髮的年輕女人對A露出微笑，「來當鬼呀。」

我從來沒跟別人說過，我有個室友，她姓陳，我都叫她陳小姐。

她是個鬼。

A的雙腳發顫，臉上早已找不出一絲得意的神情，他從喉嚨裡擠出怪異的哽咽聲，想要往後退。

但顯然退不了。

站在高處的我看得一清二楚。

一、二、三、四、五、六、七。

七個半透明的鬼魂包圍在Ａ身邊。

Ａ不知道，我住的不只是一棟老舊的公寓，更是赫赫有名的凶宅。

除了陳小姐以外，還有七名非自然原因死亡的房客一直留在這。

——我是故意讓他跟進來的。

我對Ａ最後會怎樣不感興趣，反正他也不可能眞的變成鬼。

外面有監視器，我可不希望自己成了嫌疑犯。

我比較在意另一件事。

「陳小姐，麻煩手拿開，妳摸到我胸部了。」

小熊再出場

小熊找到房子了。

小熊是我的朋友，她最近也因爲工作關係搬來台北市。前陣子小熊拉著我陪她看房子，確認那些房子裡有沒有什麼普通人看不見的存在。

忘記說了，我有陰陽眼。

但也不知道是小熊太衰，還是我帶賽——或是我帶著鬼。

我室友陳小姐就是那個鬼。

也許是我被迫帶著鬼的關係，同類容易相吸，造成我們一起去看的房，每一間都有非法住客藏在裡面。

直到有一次我抽不開身，小熊只好當場手機視訊，請我隔空幫忙檢查。

那次就SAFE了。

小熊這次是來請我去她家玩的，我們約好時間，結果那天還沒到，就先聽見她跟房東提前解約、跑去跟同學合住的消息。

我大吃一驚，難道房東是狼，或是鄰居有什麼問題嗎？

結果小熊的答案是我沒想到的。

那間房子裡，居然還是有非人存在，而且是藏在縫隙間，專門在家具與牆壁間出沒。

小熊反過來安慰我，「它藏那麼隱密，小蘇妳又不在現場，我也是後來注意到東西似乎被動過或是吃過，才開始懷疑的。所以我就裝了監視器，然後就被我抓到了。妳知道它做了什麼嗎？」

當然不知道。

「我的手機！那傢伙偷拿我的手機給遊戲課金啊！」

小熊在電話裡對我憤怒大吼。

「害我的卡費差點爆掉！而且用我的帳號抽卡就算了……居然全部石頭丟下去都沒抽回我老公！啊啊氣死我了！」

原來重點不是妳差點爆掉的卡費嗎？

不迷手遊，也沒有老公老婆的我不太能理解小熊的怒氣。

畢竟我只愛在網路上看我乖孫打炮而已。

小熊的悲劇

我住的地方有點不對勁。

從上禮拜開始出現異象。

杯子明明放在桌子中央，去趟廁所回來發現挪到了角落，只要再往外移一點，就會摔到地板上。

疊好的衣服倒塌，散得亂七八糟。

浴缸裡出現了不屬於我的長頭髮。

大前天，密封的餅乾被拆封了。

前天，準備當作早餐的蘋果被咬了一口。

所有痕跡都顯示出，這個理應只有我一人居住的空間，似乎有另一個看不見的人存在。

我發瘋似地把所有能藏人的地方都檢查一遍，但什麼也沒有。根本沒有另一個人。

然後就在昨天，我在床底下也掃到了長頭髮。

長長的髮絲糾纏在一起，它們靜靜地待在角落，像是不會動的黑色長蟲。

除了恐懼之外，我還感到一股莫名的憤怒。

這是我的家，我不允許有人不經我的同意隨意入侵！

我當晚就衝去買了一個監視器回來安裝，它外觀迷你，看上去就像普通的房間擺飾。

我把監視器安放在高處，打算弄清楚究竟是什麼東西闖入我的生活。

而今天，也許我會找到答案。

早上一醒，我馬上拿起手機調出監視器畫面，想看看昨夜有沒有出現任何異常。

手機慣例跳出不少通知，我無暇觀看，所有注意力都放在播放畫面上。

就算昨晚房間沒開燈，監視器仍把房內景象拍得一清二楚。異狀在凌晨三點多的時候發生，那時我已經熟睡。

在灰暗的螢幕上，可以看見沙發後有漆黑的影子蠕動出來。起先是薄薄一片，等它完全脫離沙發後，突然變得立體起來。

那是一個分不清是男人還是女人的……人。

它四肢細長乾瘦，皮膚像貼著骨頭，長髮披散，髮間露出的眼睛格外突出。

雞皮疙瘩瞬間爬上手臂，我的頭皮像要炸開，差點失手扔了手機。

我根本沒料到，家裡竟然存在這樣一位「同居者」。它就在我不知道的情況下，一直和我待在同個房間裡。

我驚恐地看了沙發一眼，現在根本不敢往那靠近了。我把自己蜷縮在床鋪角落，做了好幾次深呼吸，強迫自己繼續看下去。

那位同居者匍匐前進，姿勢怪異，像隻蒼白的大蜘蛛，快速無聲地行動，一路爬到我的床前。

我緊緊地捂住嘴巴，要不然尖叫聲就要衝出來。

我在床上坐立難安，一時竟不知自己現在待在哪比較安全，最末決定先咬牙看完影片。

畫面裡，那人在我的床前直立起來，伸手朝我摸過來。

我以爲那隻枯槁的手會摸到我，可沒想到，那隻手越過了我，接著拿起我的手機。

正當我以爲接下來會出現更驚悚的事情時——

我看見那人熟練地點開ＡＰＰ，熟練地登入頁面，熟練地進入遊戲。

最後，熟練地點選遊戲裡的商店圖示。

監視器的收音清晰，尤其我的手機音量又是調到最大，因此我清楚無比地聽見它說：

「課金，眞的好快樂呢……」

我面色蒼白，顫抖的手指往手機螢幕最頂端往下一劃。

成排的信件通知都是相同標題。

您的訂單收據（下單日期……

您的訂單收據（下單日期……

您的訂單收據（下單日期……

陳小姐之怒

聽說有人喜歡上我室友了。

說人也不對，應該說是鬼。

爲什麼會說是聽說？因爲消息來自於樓下的阿飄一到七號。

雖然我們之間不適合尬聊CP。

但聊起別人或別鬼的八卦就一點也不尬。

總之，聽說有個外地來的張姓男鬼對陳小姐一見鍾情了，我們就喊他小張吧。

也只有外地來的才敢對號稱台北○○區地頭蛇的陳小姐一見鍾情。

這話不是我說的，是阿飄二號講的，他是在屋裡燒炭自殺的。

即使只是聽說，但有眾阿飄們的激情轉播，我還是得知了一見鍾情的來龍去脈。

那一天，陳小姐隻身坐在老公寓的水塔上。

天是藍的，雲是白的。

陳小姐長髮飄飄，裙襬也飄飄，手裡還捧著一本書，眼角閃動著晶瑩淚水。

那一幕直擊了小張的心房，讓他燃起了熊熊的愛情火焰。

當然小張不會知道，他心目中的文青女神其實正在看CP幹炮。

肉太刺激了，興奮得她都哭了。

那本小黃書還是我幫她代購的。

我的室友突然多了一個追求者，似乎沒什麼大問題。

然而當那個追求者想跳過所有過程，直接入侵公寓頂樓的時候。

那不只問題大，還會令人與鬼都非常火大。

小張闖進來的時候是半夜兩點多。

然後他碰上了有史以來情緒最糟糕的陳小姐。

陳小姐人狠話不多，一巴掌把小張打出公寓外。

接著靠阿飄三號的直播——她是個人美心善的大姊——可以看到盛怒中的陳小姐揍得小張哭爹喊娘滿地爬。

旁邊是被引來的路鬼甲乙丙丁在圍觀。

當陳小姐重重往小張胯下踩去的時候，她吼出了震撼鬼心的一句名言——

「不准哭！你失去的只是你的ㄐㄐ，而我失去的……是我CP之間的愛情啊!!!」

在這裡必須提到一件事。

陳小姐最喜歡的前十位畫家太太，

在這個禮拜內，

不是拆了她CP就是逆了她CP。

這真的是一個悲傷的故事。

我弟

我是個在台北租房的上班族，命苦、每天都想詛咒老闆的那種。

我有個室友。

她是個鬼。

順帶一提，會知道我有個同居人是因爲我有陰陽眼。

陳小姐算是個好室友，她安靜，大部分時間沒什麼存在感。

——除了她激情四射地嗑起她最愛的耽美CP的時候。

雖然都是腐女同好，可惜的是，我們至今都踏在互逆CP的路上。

請叫我們敵人。

我老家在南部，每隔一、兩個月會回家一趟，摸走冰箱裡大量蔬菜水果，

運回我在台北租的公寓。

這裡並不是要講我室友或是我回家當女兒賊的事。

而是關於我弟。

對，我有個弟弟，他又高又帥還是法律系畢業，最重要的一點……

他是個機掰人。

這禮拜五晚上，我回到老家。

我們老家的位置挺奇妙，從小路抄捷徑到市中心只要十分鐘，但四周卻被工廠和農田包圍，基本上一過晚上九點，外面就沒什麼人煙，在巨大廠房的陰影籠罩下，整個地區顯得荒涼又陰森。

我到家時大概是九點多，沒想到我弟比我更晚。

他加班加到快十一點才終於回來，而且看起來臉色蒼白，走路的速度也比平時急促。

他先倒了一大杯水，三兩口灌下，接著緊繃的身體才漸漸放鬆下來。

「媽他們呢？」

「早睡了。」

「喔，那別跟他們講。我剛在路上……見鬼了。」我弟把還飄出熱氣的塑膠袋往桌上一放。

「你該不會又騎小路了？」我皺起眉頭，「不是跟你說過晚上過十點就別從那邊走，那裡陰，可能會看到一些不該看的東西。」

「是哪個豬頭說想吃宵夜的？」我弟不爽地瞪我一眼，「不從那邊走，又要多花二十分鐘。」

喔，想吃宵夜的是我，但我才不是豬頭。

我丟了一記白眼回去，從袋子裡撈出一串烤雞心，「所以你看到了什麼？」

我弟拿了一串米血，用沒有起伏的聲調敘述起不久前發生的事。

他在小路騎車時，瞄到路邊出現幾抹白色人影。

一開始他沒意識到哪裡不對勁，畢竟機車一下就從他們旁邊騎過去了。

沒想到那幾人又忽然平空出現。

而他這時才注意到，他們根本不是走在路上，而是懸空地走在水溝上。

他加快車速，想趕緊通過這條黑漆漆的小路。

可一超越那幾道白影，過不久他們就會重新出現在他視野內。

重複多次，他看得都快麻木了。

眼看即將脫離小路範圍，就在這一刻，人影猝不及防地全部轉過頭——

他們臉上只有大大的黑洞，乍看像一張張佔據整張臉、正在尖叫的嘴巴。

「幸好我心臟夠大顆，不然就要當場犁田了。」我弟做了結論，「是有點可怕，但只要一想到姊妳在刮痧時扭曲的表情，忽然又覺得那些鬼一點也不嚇人了。」

我面無表情地咀嚼著食物，緩緩朝他伸出了中指。

……看吧，機掰人。

陳小姐不在家

很難得地，陳小姐和公寓的其他鬼都不在。

雖然大家可能聽膩了，但爲了第一次看這本書的人著想。

我還是要重複一次。

陳小姐是我的室友，她是個鬼。

絕對不是爲了騙字數。

眞的不是。

我對打探人家的隱私不感興趣。

最多也只是知道陳小姐跑去參加心愛畫家大大的簽書會而已。

由於整棟老公寓只剩我一個單身女子。

陳小姐臨走前，幫我找了她認識的一個鬼幫忙顧家，免得突然有不法之徒闖進來。

對了，這個鬼是免費的，不用額外燒紙錢的那種。

我看著站在我面前的女鬼，與陳小姐一樣長髮飄飄，很文靜，不愛說話。

當然也不會在我上網吃糧時，冷不防怒吼一聲「不准逆我CP」。

陳小姐就幹過這種事，不只一次，然後她在我心裡低調文雅的濾鏡就碎光光了。

這名臨時調來支援的女鬼姓張，我叫她張小姐。

張小姐一來到屋內，就自動自發地去陽台待著，她說她喜歡做日光浴，一直夢想能曬出健康的古銅色肌膚。

嗯，人因夢想而偉大，我想鬼也是。

就不須要潑鬼冷水了。

我以為陳小姐是杞人憂天，像我住的這種老舊公寓，還是大多數在地人都耳聞過的鬼屋，怎麼可能有人來闖空門？

事實證明，我錯了。

媽的，還眞的有人來啊！

時間是凌晨三點半，爲了補完之前漏掉的新一季動畫，我熬夜熬得特別晚。

躺在床上，戴著耳機，我拿著平板追新番，房裡的大燈都被我關掉。

然後，張小姐忽然出現在我床頭。

正確說法是她蹲在我的床頭櫃，低頭俯視我，垂下的長髮碰到我的臉。

這要是放在鬼片裡，應該可以成爲名場景。

我摘下耳機，「怎麼了？」

「有人來了。」張小姐說。

「什麼？」我滿頭問號，緊接著聽見客廳方向傳來細微的喀噠聲響。

像是門被打開了。

這棟老公寓除了我這個活人外，其他住的都是鬼。

鬼是不開門的。

幹幹幹幹！我也顧不得嗑CP了，馬上悄聲爬起，伸手往旁拿上手機，再往床底下摸出一根球棒。

不要問一個回家就想癱在沙發上，壓根不想運動的社畜怎麼會準備球棒。問就是作者安排。

張小姐，上啊！我用眼神拚命朝張小姐示意。

張小姐動了。

動了她的嘴巴。

「因爲我有業績壓力，所以妳必須聽完一分鐘的小廣告，我才會開始行動。」

不是，妳有業績壓力干我屁事？我現在還可能有生命危險啊！

張小姐無視我憤怒的視線，開始用充滿抑揚頓挫的音調朗誦。

「〇〇首家線上賭場上線啦！性感荷官線上發牌，陪您嗨翻天！」

「請支持愛鬼護鬼救臺灣聯盟，我們不需要您的大額捐款，只要您每天小額贊助即可。每天只需三個低ＧＩ便當的錢，就能爲救臺灣出一份力！」

……幹，免費的果然不能相信。

等張小姐唸完，那個不法分子也大概要摸進我房間了。

我趕緊鎖上門，雖然手握球棒，但還眞不敢朝小偷的腦袋揮出。萬一力道控制不好，把人頭變成了破開的西瓜那該怎麼辦？

最後，我選擇了值得信賴的警察杯杯。

一一〇報案專線，值得你擁有。

可惜那個小偷還是在警察趕到前逃逸得無影無蹤。

幸好我從不在客廳放貴重物品，但桌上放了一疊要打碼的成年人專用書刊。

簡稱小黃書，擁有者則是陳小姐。

似乎因爲找不到能偷的東西，小偷撕了本本洩恨。

我看著破破爛爛的十八禁同人本，就算是逆我CP的配對，也忍不住爲陳小姐掬了一把同情之淚。

順便爲那位小偷。

因爲陳小姐隔天歸來後，看著她心愛的收藏品被毀，氣得長髮豎起，指甲暴長，周身還閃爍絲絲電光，活脫脫一副厲鬼模樣。

然後，披著厲鬼形象的陳小姐找到了那位不知名小偷。

中間過程省略，誰教陳小姐不肯直播或轉述。

總之小偷先生被嚇得哭爹喊娘，主動跑去警局自首了。

我弟是機掰人

我有個機掰人弟弟。

我覺得此處該用台語發音，還是叫他……機掰郎吧。

有鑑於最近疫情突然爆發，我的工作也改成了居家遠端模式。

就連回老家的次數也大幅減少，能在家就宅在家裡，但可能是少動的關係，明明食量沒增加太多，體重卻常常浮動，有時還直接加了三公斤。頭痛。

至於我的室友陳小姐，喔，她沒差，她宅不宅都一樣。

但這次要跟大家分享的故事與陳小姐沒太大關係，她只負責在這則故事裡充當背景板。

說回我弟身上。

他目前在當保險經紀人，之前寄了份防疫保單過來，要我看完填一填再寄回去，他好拿給他同事。

據說他同事和公司上下爲了那份保單加班加到差點爆肝。

「妳漏了地方沒塡，身高體重。」他在手機另一端不耐煩地說，「不要故意跳過去，人家要看健康證明的。」

我咂咂舌，順便推開陳小姐湊近的臉。

「身高多少？」我弟問。

我報了數字。

「呵，眞矮。」我弟發出不屑的嗤笑，「體重呢？」

我心一橫，又報了一個數字。

這次我弟意味深長地說，「喔～跟我一樣重呢。」

一股屈辱浮上心頭，要不是我弟遠在南部，我一定要打爆這個機掰郎的頭。

沒想到就在這時，充當背景板的陳小姐也發出若有所思的沉吟，「嗯，比我今天重。」

「妳都是鬼了，要怎麼量體重？」結束通話，我乾脆把白眼送給了陳小姐。

「靈魂是有重量的，有人說靈魂是二十一公克。」陳小姐輕聲細語，難得長篇大論地跟我解釋，「但我可以憑感覺任意改變，我今天想要一公斤，明天想要兩公斤，後天可能就想要三公斤。但數字沒辦法抓得剛剛好，我喜歡測看看能精確到什麼程度。不過我通常不會讓自己超過三公斤，不然妳很容易發現。」

最後一句的訊息量好像有點大。

「等等，退回去、退回去，妳剛剛那句『我容易發現』是什麼意思？」我面無表情地看著陳小姐，一副「不說清楚，下次就別想再拿我的信用卡上網刷卡買本」的嚴格態度。

「這個禮拜妳量體重的時候，我也會趴在上面量。」陳小姐說。

「抱歉，趴在什麼上面？」我才不相信她是趴在體重計上面。

「妳背上。」陳小姐給了我簡潔有力的答案。

對不起，恕我收回前言。

陳小姐算哪門子的背景板……

原來她就是我這禮拜突然變胖的凶手！

故事正式開始

在鍵盤上敲出最後一個字，我伸伸懶腰，聽見僵了一整天的筋骨發出咔咔聲響，像在抗議我大半天都維持同一個動作。

我關掉文件和其他網頁，再按下關機鍵，筆電螢幕瞬間轉成一片漆黑，光滑的面板映出我的臉。

神情疲憊，畢竟當了一天社畜，回家後盡情上網，又絞盡腦汁打了一篇幾百字的小短文。

不算大也不算小的眼睛半瞇，嘴巴剛好在打呵欠，這讓旁人再怎麼拚命想著讚美之詞，最多只能誇出「清秀」的臉頓時皺成一團。

我今天打的短文叫「我與陳小姐的××」。

如果你看不到我發的文，那就表示我們無緣。但也別難過，反正××不是

「戰爭」就是「翻桌」……諸如此類的字眼。

好的，雖然大家看膩也聽膩了，這句話也很有騙字數的嫌疑，但我還是要重新說一次。

我有個室友，她姓陳，我都叫她陳小姐。

她是個鬼。

——還是一名不顧屋主意願，就擅自在公寓裡當起釘子戶的鬼。

噢，陳小姐發出抗議了，她表示明明先來的是她，先到先贏這句話要好好記住才行。

但恕我直言，我他媽的才是付房租的那個！

反正在我搬進這棟台北老公寓的頂樓加蓋之前，是不知道裡頭還有另一名房客的，如果知道我肯定不會搬進來。

忘記說了，我有陰陽眼，從小就看得見。

偏偏在我去看房與簽約的那幾天，根本就沒看見陳小姐，才會導致我一時大意成千古恨。

事後陳小姐告訴我，那幾天她帶著樓下鄰居們一塊去爲她喜歡的漫畫家舉簽名海報，搖小扇子應援。

對，樓下鄰居……們。

除了她之外，我後來才曉得這棟應當只有我一人獨居的老公寓裡，居然還有鄰居ＡＢＣＤＥＦＧ。

然後再從我同事口中——她是當地人——得知了這棟還是凶宅的消息。有七個，病死、吊死、孤獨死等等非自然死亡的，前房客。

至於我跟這些鄰居還有陳小姐至今的愛恨情仇，前文都有寫到了，這裡就眞的不再騙字數。

和陳小姐住在一起大概兩年，我現在已經習慣睡前會跟她說聲晚安。

關掉筆電，刷完牙，我躺上我的床。手機就放桌上，放床頭櫃我一定會忍不住再拿起來刷刷我追的畫家大大們有沒有半夜發糖。

若我忍不住，陳小姐就會默默出現，一把沒收我的手機，帶著它消失到……反正某個我找不到的角落。

陳小姐不是要搶我手機去用，她自己就有一台，還是我幫她買的。她沒收我手機，是擔心我熬夜過頭導致爆肝、禿頭、青光眼、黃斑部病變，或視網膜剝離。

就是怕，很怕，非常怕。

「晚安，陳小姐。」我關了燈，閉上眼，習慣性側身睡覺。

黑夜中，過了半晌才飄出氣聲。

「晚安，小蘇。」

是陳小姐的聲音沒錯，我沒張眼看她從哪邊出現，其實我也不想看。

這跟她長得美醜無關。

事實上，陳小姐是個美人，穿著連身長裙，長髮飄飄，氣質出眾，抱著書會被當文學美女。走在路上，十個人見了會有十個人回頭——他們都有陰陽眼的話。

但她最近老是喜歡正面對著我——跪坐在我臉的旁邊，一半身體還陷在牆壁裡的那種。

所以不管她多美，看起來都像鬼片現場。

啊不是像，是本來就是了。

手機鬧鐘在早上十點半把我吵醒。

今天是假日。

碰到假日我都會為自己定兩個鬧鐘，一個是現在響的那個，一個十二點整才會響。

我半睜著眼睛，伸手努力往床頭櫃摸索，但什麼也沒摸到。

等等，我想起來了，我昨天好像把手機放桌上。

還沒等我艱辛地從被窩裡鑽出來，我探出棉被外的手就被塞進一個硬硬的東西。

喔，手機。

我順著手機被遞來的方向一路看過去，先看到一隻半透明的手，再看到半透明的陳小姐。

窗外的陽光照進來，穿過陳小姐的身體，燦爛得讓我感到刺眼。

我像隻見光死的吸血鬼，抓著手機在床上邊翻滾邊嗷嗷叫，似乎下一瞬就要化成灰燼。

最後我僵直地倒在床上，沒有變成灰，倒像一條曬乾許久的鹹魚。

好不容易擺脫了起床低血壓的不適，我穿上拖鞋，抱怨陳小姐爲什麼不能用來遮陽，然後像抹幽魂鑽進廁所，完成了刷牙洗臉還有蹲馬桶的大業。

當一切做完後，我復活了！

今天的早餐是昨晚先買好的麵包配咖啡。

除了網癮，我應該還有咖啡成癮，一天不喝個一杯就覺得自己要死了。

陳小姐還是跟在我身旁。

這有點稀奇，平常陳小姐在白天不見鬼影，她熱愛夜間活動。

「找摸了？」我咀嚼著麵包，口齒不清地問著。

陳小姐不愧是陳小姐，這樣仍有辦法聽得出我在問什麼。

「妳的手機，早上響很多次了。但爲了妳的睡眠，每響一次，我就替妳按掉。」陳小姐說話時聲音細細的，缺乏語氣起伏，好像沒什麼可以讓她有強烈情緒波動。

不過要讓陳小姐激動其實一點也不難。

拆她愛的CP就可以。

但基於惡意拆人CP如同挖人祖墳，這種事我是不會隨便亂做的。

平時彼此互逆那就沒辦法，誰教我就是愛ＡＢ，她則是愛著ＢＡ。

不管人生或鬼生，十之八九總是會碰上一些難以跨過的難關。

拋開CP問題，我納悶地解開手機的螢幕鎖。

桌布是我女兒，她今天依舊又美又萌——不是親生的，我從出生單身到現在呢，那只是我對手遊主角的愛稱。

就在三個月前，我的朋友成功我把拖進手遊這個號稱課金只有零次跟無數次的大坑裡。

把視線從女兒美美的臉蛋移開，我這時才發現頂端的狀態列有電話未接和訊息未讀的通知圖示。

都來自小熊。

小熊是我朋友，詳細一點的介紹是我國中同學。更詳細的介紹就是，推我入手遊坑的凶手。

她之前想在台北租房時一直被我帶賽，導致看到的都是凶宅，最後只好跑去跟她另一個同學合住。

小熊為什麼要打給我？我記得最近我跟她應該……沒……約……

幹幹幹幹幹幹幹！

集滿七個幹字雖然不能召喚神龍，但徹底喚回了我的記憶。

我倒抽一口氣，連忙抓著手機回撥。

小熊幾乎瞬間接起電話，然後傳來的是她氣急敗壞的大叫。

「妳在搞什麼鬼！爲什麼都不接電話？說好十一點要約在我家旁邊星巴克碰面的！人呢？人呢呢呢呢？」

我機智地回答，「我在路上了，再十分鐘就到。」

感謝上帝或其他各路神明，小熊家旁邊的星巴克離我住的地方只有十分鐘。

小熊似乎被我安撫了，但下一刻她更加生氣，「啊啊啊！明明從妳那到我這就只要十分鐘！妳是不是還沒出門？是不是忘記今天要去參加國中同學會？」

答案都是——是的，是的。

但我不敢說。

我成功從小熊手中活下來了。

幸好小熊沒有眞的把我宰了，她雖然臭著臉，但還是塞了一杯我愛的玫瑰拿鐵到我手上。

小熊眞不愧是我的好朋友、好同學。

所以我決定還是不要告訴她，我帶了第三者。

呸，不是……是另一位同行者，也就是我的室友陳小姐。

剛被迫和陳小姐展開同居生活時，她頂多晚上露面，偶爾會跟著我出去。但當了兩年多室友，她當我背後靈的機率提高不少。

扣掉我去上班，大概就是十次裡面有七次吧。

嗯?是不是太黏了一點啊陳小姐。

關於國中同學會，小熊在上禮拜就跟我提過，我們此刻正在搭客運回南部老家的路上。

我也有收到邀請信，但只看了信件標題一眼，就直接刪掉丟垃圾筒了。

我對任何老同學的聚會都沒興趣，不管是國小、國中、高中，或是大學。

「爲什麼？」光明正大坐在我腿上的陳小姐問道。

我更想問她爲什麼非得坐我大腿？害得我在刷手機的時候，兩隻手都得穿過她身體耶！

雖說不會有感覺，但這感覺眞的超怪。

我是個邊緣人。我用手機打字，以免引起坐在隔壁小熊的驚恐，她知道我看得見。

若我開始自言自語，那不是跟空氣朋友講話，而是眞的在跟那個講話。

我在班上沒什麼存在感，老是面無表情，還擺出死魚眼，而且與人交際好麻煩，不如讓我自己看漫畫或小說。

小熊喊我小蘇，班上同學就跟著一起喊，或是喊我蘇同學。

可我根本不姓蘇，只是名字裡有「蘇」這個字。

小熊和我是截然不同的類型，她長得很甜，一頭染成淺棕色的齊耳短髮，笑起來跟棉花糖一樣，說話聲音又軟綿綿的。

與對我高八度怒吼的時候完全不一樣。

但可能是太甜的緣故，她受男生歡迎，受女生討厭。

她想要女性朋友，於是盯上老是窩在靠窗位子的我。我們兩個的電波意外地挺合，就這麼成爲了好朋友。

這次會選擇出席，也是因爲小熊拉著我，要我陪她參加。

這是看在我們是好姊妹的份上，絕不是因爲小熊要請我吃五次燒肉，眞的不……好啦，就是。

想想我可以一個月吃一次豪華大餐，免費的，有比這更美好的事嗎？

「有的。」陳小姐看穿我的想法，「喜歡的太太發糖產糧時。」

那是心靈上的美好，我現在說的是肉體上。我快速地打字反駁。好了，我解釋完了，接下來拜託妳坐到別的地方去。車上明明還有好幾個空位，妳就算飄在空中也可以吧。

陳小姐沒有回話。

陳小姐堅持要展現她的有個性。

所以她就是不挪。

好喔，混蛋。

經過差不多四個半小時，我和小熊終於回到南部老家。

感覺我的屁股都要坐麻了。

可怕的是在這段時間，我還一直被迫把手放在另一個人體內。

放是物理意義上的放。

只不過人不是物理意義上的人就是了。

「幹嘛一臉滄桑的樣子？」小熊狐疑地打量我的臉。

我揮揮手，表示她不須要知道得太清楚，不然我的五頓燒肉恐怕就要長翅膀飛了。

小熊絕對不會原諒我外帶一位背後靈。

我和小熊的老家只隔三條巷子，同學會是晚上六點半開始。我們先各自回家，然後等時間快到了再結伴出門。

碰上假日，我父母通常不在家。

他們兩人的行程往往比我跟我弟還豐富。

臺灣大概沒什麼地方是他們沒跑過了吧。

沒想到家裡一個人也沒有。

連我那個機掰人弟弟也不在，大概是去跟女朋友約會了。

我傳了訊息在家庭群組，通知他們我回來了，我又要出門了。如果誰有買宵夜記得留我一份，最好是雞排要切要辣要撒胡椒還要再一杯無糖珍奶！

我弟回覆得最快，他發了一個NOOOOO～～～～的貼圖，還連發三個。陳小姐第一次來我老家，一副有點新奇的表情，她自動自發地在我家逛起來，沒一會兒就找不到她的身影。

我回到房間就見陳小姐蹲在我的衣櫃前。身體在衣櫃前，脖子和頭沒入衣櫃內的那種姿勢。

衣櫃門當然沒開。

就算一天到晚在台北公寓常看見這種鬼片現場，可回到老家還是第一次見，嚇得我差點把背包砸向陳小姐。

「陳小姐，妳在幹什麼！」既然家裡沒人，我也不用特意控制音量，「衣櫃有什麼好看的？除了衣服就是內衣內褲！」

「還有相簿。」陳小姐終於把她的腦袋拔出來，還把畫著黃色小花的相簿一併拿出。露出臉的她又像個美女了，而不是鬼片的無頭厲鬼。

我發出了比剛剛還要高分貝的大叫。

那本相簿放的都是我國中照片，死魚眼、妹妹頭，穿著醜不拉嘰的制服，堪稱是我的黑歷史。

「妳要是再繼續翻下去……」我語氣嚴厲，「回台北我就斷了妳的網路！」

呵，我上個月已經辦了4G上網吃到飽，我已經不是過去只能用Wi-Fi的我了。

這威脅對陳小姐很有效，她一臉不甘願，但還是把相簿放回去。

我就當作沒看見她偷拿一張相片吧。

出門之際，我弟正好回來，走路還有些一拐一拐的。

「扭到腳了？」我問道。

「走在路上莫名其妙踩了個空……倒楣。」我弟拐著腳走去廚房，弄了一袋冰塊，「妳出門也小心一點。」

「嗄？」我滿頭問號地看他。

我弟信誓旦旦地說著幹話，「平常都是妳比我倒楣。我今天都這樣了，那妳閃到哪邊或扭到哪邊的機率一定更高。」

「聽你放屁，我才不會扭到腳或閃到腰。」我回敬一根中指。

「呵。」我弟冷笑一聲，「說的好像妳有腰一樣。」

……機掰人，我才不會告訴他，陳小姐剛剛踢了他屁股一腳。

國中同學會的聚會地點在一家快炒店。

這間是十幾年的老店了，我還在唸書的時候也常跟小熊過來吃。

參加同學會的大概有二十幾人，分成三張大圓桌坐。

店裡人聲鼎沸，蒜頭混著九層塔的香氣四溢，不時夾雜著店員大喊「上菜了！讓一讓，小心燙！」的喊聲。

小熊拉著我，挑了人最少的一桌坐。

陳小姐對這種吵鬧的地方沒什麼興趣，瞄了幾眼就抱著她特地帶下南部的同人本飄到外面去。

我猜她又坐在屋頂裝成文學少女，看的卻是又黃又色的內容。

我默默吃菜，熟練地當起我的邊緣人，聽著旁邊小熊和其他同學閒聊。

生魚片好吃，鹽酥龍珠好吃，炸銀魚好吃，炒山蘇好吃，鐵板牛肉好吃，醬炒海瓜子也好吃。

我不動聲色地朝小熊使眼色，要她繼續拉著人多說一點，這樣我就可以趁機多吃一點了。

「蘇同學。」

萬萬沒想到我會突然被叫到，我吞下嘴巴裡的食物，抬頭看叫我的人。

嗯……想不起來他是哪位。

其實整班人我差不多都忘光了。

「班長問我們，等下要不要跟他們續攤？」小熊不愧是我的好朋友，馬上來了記漂亮的救援，「就是去金櫃唱個歌，然後再回家。」

我看著小熊，再看著小熊後面不知道啥時候又飄回來的陳小姐。

老實說我對唱歌沒興趣，不過金櫃的自助吧一直深得我心，我也看得出小熊挺心動的。

「別去。」陳小姐幽幽開口，聲音只有我聽得見，「我夜觀星象，妳明天會衰。」

聽妳在屁我，妳明明是夜觀小黃書吧。而且明天會衰關今天的我啥事？

想到陳小姐堅持在客運上展現她的有個性。

那我也要讓她見識見識，什麼叫作叛、逆、期。

事實證明，人還是別自己找死。

這說法是誇張了點，我只是想表示，我正在爲先前快炒店裡輕率的決定而後悔。

小熊唱歌唱爽了，我吃自助吧也吃爽了，然後就叫不到計程車了。

我們這裡是鄉下，九點過後想找計程車很難，更別說是晚上十二點半。

就連金櫃ＫＴＶ都是凌晨一點半便關門，在台北這種大都市一定很難想像。

一起續攤的除了我跟小熊，還有五個人。分別是班長、香草、總統，紅毛和楊咩咩是唱歌時才一起趕過來的。

簡單介紹一下這五人。

班長，同班三年都是班長的眼鏡男。

香草，國二時從外地轉來的，身邊總是有香香的味道。

紅毛，看了漫畫立志要當櫻木花道，國三偷偷染紅髮好幾次，差點被他爸吊起來打。

楊咩咩，頭髮鬈到像是會爆炸的高個子女生。

總統，國中時只要是寫未來志向都一定填總統的肌肉男。

他們五個不是騎車就是雙載來的，所以總共有四輛車。

眼看我跟小熊就要在半夜流落街頭，班長和紅毛提出由他們送我們回家。

「大家都是這一區的，來回也不差這點時間。」紅毛直爽地說，「楊咩咩妳給香草載行吧，小熊我載，班長你就負責載小蘇。」

我沒意見，只要不走那條小路就好。

那條小路。

究竟正式路名叫什麼，從小到大我都沒特意記，我身邊人也和我一樣，我們都喊它「那條小路」。

只要說到「那條小路」，本地人都知道是哪一條。

它一側緊鄰鐵軌，另一側都是草叢、果林，還有幾間住屋與鐵皮工廠。

那條路的路燈怎麼修都會壞，久而久之，里長也懶得報上去了，養工處自然不會特意派人來修。

大白天看還好，晚上經過只覺得陰森森，似乎連點人氣都沒有。

至於很陰的說法是從什麼時候傳開的，同樣沒人知道。

反正從小大人就是這麼跟家裡小孩說的。

小熊當年也曾偷偷問我，那條小路是不是眞的有那個啊。

「有，見到的次數不多，但見到的都不一樣。」我老實告訴她我的經驗談，「而且就算沒看見東西，太晚那邊的感覺也不妙。」

那時候的小熊半信半疑，然後偷偷跟她哥和她哥的同學們在半夜一起溜去那邊夜遊。

再然後，他們就哭爹喊娘地衝回家了，順便各自被憤怒的爹跟娘來一頓雙打。

隔天小熊頂著黑眼圈，因爲屁股被打腫了，坐在椅子上像條蟲一直扭，她驚魂未定地告訴我昨夜發生什麼事。

他們看見一排人走在鐵軌上拍手。

那些人穿著有點像古裝的白色衣服，上半張臉被一張白紙蓋住，下半張臉光滑得像是剝了殼的雞蛋，鼻子嘴巴統統沒有。

他們慢慢走著，邊走邊拍手，卻不是像常人一般掌心對掌心，赫然是以詭異的角度手背拍著手背。

有了那次教訓，那條小路簡直成爲小熊的心理陰影。

就算現在也一樣。

坐上紅毛的機車後座，她千交代萬交代，繞遠路沒關係，就是絕對不能從那條小路走。

「可是繞路很花時間耶。」香草有些不滿，「走那條小路最快，現在都這麼晚了，我想早點回去洗澡啊。」

「我都行。」楊咩咩一攤雙手，「誰教我是被人載的，騎車的是老大。」

「那條小路眞的很恐怖啦！」小熊嚷著，「我以前……」

「知道知道，妳國中跟妳哥他們在那裡被嚇哭過嘛。不怕不怕，我們有這麼多人。」總統嬉皮笑臉地擺出健美姿勢，展現他強健的肌肉，「不過大家都說那裡很陰很陰，我騎過那條小路那麼多次，也沒看見什麼。」

「我是說眞的……」小熊還想再說。

班長趕緊跳出來打圓場，「不會啦，沒有要從那條小路走。聽我爸說那邊最近圍起來在做工程，路都封住了。」

「我們走另一條。跟你們說，那是我新發現的捷徑。」紅毛拍拍胸口，向大夥掛保證，「一樣可以很快回到我們那區，我今天就是從那邊騎過來的。」

小熊鬆了一口氣，但還是私下傳訊息給我：等等路上要是有看見什麼，拜託先別跟我說，不然我會哭給妳看。

我回覆她：別擔心，安靜一向是我的美德。

就像陳小姐都從北部跟到南部了，我也沒對小熊說——

其實我們兩人之間，到剛才爲止都夾著一位第三者。

五分鐘前，陳小姐說她有事要回家一趟，很快就會再過來我身邊。不是台北的那棟老公寓，就算陳小姐是鬼，也沒點亮瞬間移動的技能樹。陳小姐要回的是我老家。

她回去的理由很簡單，帶在身邊的本本看完了，她要回去拿其他本。

我不是很能理解阿飄的邏輯，直接留在家裡看不就好了嗎？何必再跑出來一趟？我過個十幾分鐘也就回到家了。

我提出我的疑問，陳小姐也展現了她的有個性。

她就是要。

我沒繼續爭論這個沒營養的話題，反正我也阻止不了鬼的行動，唯一提出的意見是——

「麻煩下次別在我行李箱偷塞那麼多小黃書，好嗎？」

「這是甜蜜的負擔。」陳小姐這麼說。

我回給她冷漠的表情。一堆拆我CP和逆我CP的本，老娘只感到負擔，沒有甜蜜。

陳小姐暫時離開了，我們一行七人共四輛機車也騎上馬路。

難得半夜沒跟陳小姐在一起，挺奇妙的。

畢竟在台北老公寓時，就算看不見，也能知道她就在屋子裡。

凌晨快一點，路上真的看不到其他人或車輛。空蕩的馬路異常冷清，就算路邊有屋子也都是拉下鐵捲門，窗內一片漆黑。

前方的交通號誌過了人車尖峰時段便切換運作模式，只是不斷閃著紅燈，一閃一閃的燈光在深夜裡無端讓人神經緊繃。

我看著不熟悉的景象，試圖分辨我們現在在哪。

雖然到台北工作後，一至兩個月都會回老家一次，但通常是窩在家裡當條鹹魚，或是和老朋友約在市區吃飯，懶得去其他地方。

在我沒注意到的時候，鎮上環境已不知不覺中變化許多。

而現在紅毛帶我們騎的這條路，對我來說無比陌生。

騎著騎著，路上連紅綠燈也看不到了，碰到路口只能自己注意左右來車。不過眼下這個時間點，路上也只有我們。

沒多久，路旁連一般住家都難以看見。放眼望去多是鐵皮廠房，夜間時刻空無一人。

剛經過一個小路口，領頭的紅毛忽然停下車，指著前頭一條窄路，「我說的近路就是前面那條。不過那邊沒什麼路燈，保險一點最好開遠燈。路不算寬，有車過來還是勉強能會車，但要小心旁邊水溝。從這裡騎五分鐘就能到家。」

「那條路？你認真的？看起來有夠暗耶！」就算是嚷著想抄近路的香草也微變了臉色，「太危險了吧！」

「我都行。」楊咩咩還是同樣的話，「騎車的人最大。不過都這麼晚了，老實說我也想快點回到家，香草妳呢？」

「那還用說嗎？」香草嘟囔著，「誰不想趕快洗完澡然後上床睡覺啊，我身上都是食物和KTV的菸味，臭死了……」

「那就……」楊咩咩詢問似地看向眾人，「跟紅毛的車走這條路囉？有意見大家現在提出來比較好。」

「走就走。」香草也不猶豫了。

幾個男生同樣出聲表示同意。

「小熊、小蘇，妳們呢？」

點名到我們，但我們倆都是被人載的，自然不會有什麼意見。

我們一群人騎進小路之前，我很確定我的身體健健康康，沒有吃壞肚子，沒有喝酒過頭，也沒有感冒前兆。

但就在班長載著我進到小路範圍後，我的胃在一瞬間像被塞進大量冰塊，寒意竄進四肢百骸。

我結結實實打了一個哆嗦，雞皮疙瘩排排站。

忽然想到陳小姐說的話。

「我夜觀星象，妳明天會衰。」

……幹，過十二點，明天到了。

我有超不祥的預感。

預感成眞了。

我不想罵髒話，我現在只想來根菸壓壓驚。

紅毛擔保的五分鐘早不知道過多久，但我們還沒騎出這條小路。

這條路太長了，長得像是根本沒有終點。

一開始騎車的幾人還有餘力質問帶路的紅毛，但騎到後來大家都閉上嘴巴，壓抑的安靜氣氛籠罩在眾人之間。

事情很不對勁。

如果紅毛沒帶錯路，那就只有一個詞可以解釋這一切。

——鬼打牆。

爲了安全，我們現在是兩輛車、兩輛車並排。紅毛和香草的機車在前，班長和總統的在後。車燈照亮前方，卻遲遲照不出盡頭。

我扭頭往後望，只瞧見一片黑黝黝。沒了路燈的照明，原來馬路也可以黑得伸手不見五指。

盤踞身後的黑暗就像一隻張著嘴的怪物，只待我們速度一慢，就要追上吞下我們。

我認眞地注視後方五秒，再次確定一件事，我眞的得來一根菸才行了。

看看我的腦子居然變得這麼文藝，明明以往只塞著工作、休假、香菸，以及二次元男人們的裸體……對了，還有最近迷上的女兒。

明明知道事情不對勁，但誰也不想率先開口當出頭鳥，似乎是人們的一種通病。

不過騎著騎著，機車的速度不由自主地慢了下來。

我摸出防風打火機，點燃了一根菸。香菸頂端的橘色火光一閃一滅，我狠狠吸了一大口，再吐出一個完整的小小煙圈。

啊，爽了。

但其他人的表情看上去還是很不爽。

我探頭看向前方，小熊剛好轉過頭，一臉要哭要哭的樣子。

可憐的小熊，在台北被凶宅搞到頭大，回來老家還要碰上鬼打牆。

「小蘇，我們是不是碰到了……」小熊的聲音在風中聽起來可憐兮兮。

「科學的說法是我們迷路。」我把香菸夾在指間，稍微拉高了聲音，「不科學的說法，就是我們碰上鬼打牆吧。」

當我把大夥似乎想避而不談的三個字說出來，最前方的紅毛猛地煞住機車。

好在大家的車速都不快，才沒造成追撞。

四輛機車都停下來，所有人朝我看來。

我平淡地回視，不時抽口菸，任憑尼古丁的味道在空中繚繞擴散。

「妳……妳少在那邊亂說！」香草白著臉，緊張地瞪著我，「什麼那個打牆，那都是迷信，我們要講究科學！」

「所以我不是提出了科學的說法？」我回答，「而且不叫那個打牆，是叫鬼打牆。」

一天到晚有陳小姐跟著，我從不覺得那是不能說出口的字眼。

「呀！」香草尖叫，好像我說出的是某種十八禁、必須消音的禁忌詞。

「妳們先別吵。」班長跳出來當和事佬，再把矛頭一轉，「紅毛，到底怎麼回事？」

「我……」紅毛的臉色在鐵青和灰敗間交錯，原來一個人的臉真有辦法變成調色盤，「我也不知道。我之前騎明明沒問題，今天騎也很正常……」

「你他媽一句沒問題就沒事了嗎！」總統不爽地用力按一下喇叭，刺耳尖銳的聲響反倒讓香草尖叫一聲。

楊咩也不悅地沉下臉，「你按屁啊，都這時候了少嚇人。」

被女生指責，總統似乎覺得沒面子，一臉悻悻然，但也沒再向紅毛開嗆。

「我眞的不知道……」紅毛蒼白無力地重申，冷汗沿著他的臉頰淌落下來，「不然我們直接報警吧。」

「跟警察說我們那個打牆出不去嗎？」香草一點也不認爲這是好方法，「你猜他會覺得我們是喝茫了還是嗑藥了？上網求救比較快啦！這條路叫什麼？」

紅毛支支吾吾，老半天都說不出來，看樣子壓根沒記路名。

「我記得……」小熊這時的聲音對其他幾人簡直有如天籟，「我們騎進這條小路前的第二還第三個路口，有經過天水路和櫻葉路。」

有了確切的路名，大家紛紛拿出手機，打開地圖查詢。

我不太會看地圖找路，乾脆從LINE裡找出陳小姐的頭像，直接問她現在在哪裡。

然而我發出的訊息旁邊出現了一個小小的斜箭頭。

那是沒有成功發送的記號。

我檢查過自己的網路，開啓其他網頁沒問題，LINE 上或臉書也可以看到別人給我的留言，唯獨沒辦法傳送訊息。

不只是 LINE，不管哪個聊天軟體或社群平台，統統無法貼文、留言、傳訊，當然打電話也不行。

但是，小熊剛剛還傳訊問我問題……

我馬上找出小熊的 LINE 頭像，試著發送一個問號出去，這次成功了。

「小蘇？」小熊一臉疑問地看著我，「妳幹嘛傳一個問號？」

「我想傳訊跟打電話給其他朋友，但都失敗，傳給妳卻沒問題。」我將自己碰到的情況攤開來講，想看看別人是不是也這樣。

幾個人起初還狐疑地你看我、我看你，接著紛紛低下頭。

再接著，不敢置信的大叫聲證明了大家碰到的狀況跟我一樣。

嗯，某種意義來說，我們幾個現在只能網內互打了。

重新說明一下，現在被困在這條小路上的我們彼此可以正常地打電話、傳訊息，但只限於這條路上的我們七人。

上網搜尋幹啥的也行，總之就是沒辦法聯絡我們七個以外的人。

「現在怎麼辦？」這句話香草重複了好幾次，她臉色蒼白，有點神經質地咬著指甲，「我們出不去了……我們要怎樣才出得去？我們果然不該進來的！」

「香草妳冷靜些。」楊咩咩在旁安撫，試圖讓對方緩和下來，但效果不彰。

班長在一邊沒說話，或許也覺得現在根本不須再打圓場當和事佬了，但他看向紅毛的眼神寫著無聲的責怪。

不只班長，其他人也是類似神情。

如果不是我天生陰陽眼，看阿飄已經看到麻……不對，要麻木還眞的太難了，但看到不想多看是眞的。總之因爲我個人體質關係，對碰上這類麻煩事算是看開了，不然我心裡大概也會有差不多的想法。

「早知道就別騎這條了……」不知道是誰冒出了這句咕噥。

眾人的表情和那句抱怨重重地刺激到紅毛，他就像是被點燃引線的炸藥，憤怒地在深夜裡大聲嚷嚷。

「幹！又不是我逼你們進來的！你們自己也都同意要騎這條路，現在出事就怪我，哪有這樣的？你們做人別太過分！」

要是陳小姐這時在場的話，可能會細聲細氣地接一句：

不想做人，那就來做鬼呀。

紅毛氣得口不擇言後，氣氛變得很僵。

一時半會兒間，沒人開口說話。

紅毛鐵青著臉，大口大口地喘著氣，臉部肌肉緊繃，看起來也不想和人說話。

「幹恁娘啊！」總統無預警飆出髒話，「這條路和那條小路接在一起！」

他突如其來的怒吼嚇了大夥一跳，但更令人震驚的是他話裡透露的訊息。

那條小路。

那條鮮少會被提起全名、夜晚總是很陰的小路。

「你你你……你說什麼？」班長也結巴了，「但紅毛不是說……」

「不信你們自己過來看。」總統亮出他的手機，大家不約而同地下車，往他那邊湊過去。

手機螢幕再怎麼大，一堆大頭擠一塊也沒辦法人人看清。

大家輪流傳閱，盯著被放大的局部地圖，找到了我們現在的這條小路。

然後，也找到了那條小路。

總統說的沒錯，它們眞的是連一起的。

從這條路的起點位置來看似乎離那條小路很遠，不會把它們想在一起很正常。可是當它蜿蜒地繞了一圈，最後接到的就是那條小路的末段，那裡離我們住的地方的確很近。

再加上那條小路最近因爲工程圍起來，也難怪紅毛會把這條路當成一條不相關的新捷徑。

如果說紅毛剛剛的臉色是鐵青，那麼現在就是慘白如紙了。

他作夢也沒料到，自認爲的捷徑反而讓大家在不知不覺間還是踏上了那條小路。

即使嚴格來說還不在那條小路上，但畢竟是從它分岔出去的，況且又碰上出不去的鬼打牆……

既然已經觸發靈異事件，那我們也算是待在那條小路的勢力範圍裡了。

這消息對眾人來說簡直晴天霹靂。

大白天就算了，但現在凌晨一點多，又撞上鬼打牆，誰知道接下來還會發生什麼事。

小蘇，妳有沒有看到阿飄？小熊用手機發訊息問我。

這種情況下，她不願意讓旁人知道我有陰陽眼，以免大家把我當成一根不會沉的浮木，把所有期待和壓力往我身上堆。

我又看看四周，什麼也沒有，就連陳小姐都還沒回來。

我朝小熊搖搖頭，暗示我真的沒看到鬼，同時我對陳小姐尚未歸來也感到奇怪，她一向是個說到做到的鬼。

例如她曾發願要在某月某日，把那天開限量預購的小黃書全部搶到手。

她搶到了。

……用我的錢包。

我那天一知道就直接翻桌了，當然有先把小桌子上的杯子盤子收起來，然後怒氣沖沖地在老公寓裡追殺她。

理想是美好的，現實是殘酷的，我跑了三層樓就喘得像條狗。

最後陳小姐從組成鬼牆的眾房客身後探出頭，小聲地說她買的本子有一半都是我愛的CP。

聽起來挺貼心的。

但還是花我的錢嘛，幹！

「喂，現在該怎麼辦？」最先暴怒的總統也是最先打破沉默的人。他臉色還是不太好看，但語氣緩和了一點。

畢竟氣也氣過了，吼也吼過了，最後大家還是得重新面對問題。

「投票如何？」班長提議，「現在看來也就兩個選擇，繼續騎，或是待在原地直到天亮。」

「在這這這這這待到天亮？」小熊的聲音都跳針了，一雙眼睛瞪得又圓又大。她驚惶地看看這個四下無人又荒涼的地方，猛力搖頭，說什麼都不想，「我才不要！現在才一點多，到天亮還要幾小時啊！」

「現在六月，運氣好大概三、四個小時就天亮吧。最多只要兩百四十分鐘，這樣聽起來是不是很快？」我體貼地回答小熊。

小熊顯然不接受這份體貼，表情更驚恐了。

香草直接用抗拒的臉色說明一切。

「所以我說投票、投票。」班長無力地把話題拉回來，「一是繼續，二是不動，現在投一的請舉手！」

一、二、三、四、五、六、七，所有人都舉了，看樣子誰都不想留在原地。

熄火的四輛機車再次發動，騎行順序不變。

一輛機車究竟要持續騎多久，才能把油箱內的油統統耗光，再也騎不動？

幸運的是，我們不用知道這個答案。

「有燈！」領頭的紅毛突然發出激動的大叫。要不是他還騎著車後面載著人，可能他早就放開手朝著發現的方向指去，「那裡有屋子！屋子有燈！」

聽到紅毛這麼喊，本來萬分疲累的眾人登時精神一振，跟著興奮起來。

在這條似乎永無止盡的小路上，忽然冒出一間亮著燈的二層樓透天厝，顯然很古怪。

但對大夥來說，無疑就像飛蛾見到燈火，讓我們義無反顧地撲上去。

我不知道其他人是怎麼想的，但我確實很樂意看到那間屋子出現。

沒辦法，管他有沒有問題，我他媽的太想上廁所了。我需要一間廁所，而不是露天就地解決。

老娘的膀胱快炸了。

深受前方燈光吸引，所有人忍不住加快了速度。

好在那幢透天厝並沒有像海市蜃樓般，一靠近就消失不見，它還是穩穩地立在路邊。

在這種時候，莫名地帶給人難以言喻的安全感。

我是指對我的膀胱來說。

屋子上半部是普通的雙層透天。樣式老舊，頂樓栽種著九重葛，像垂柳般大串大串地遮住大半面牆壁。下半部則被比人高的灰磚牆圍擋，一根大樹的枝椏從牆後探出，濃綠近黑的葉片沉沉地壓在牆頭上。

紅毛幾人把機車停在門外。

大夥下了車，先是對望一番，再看向那扇密閉的紅鐵門，本來急切的腳步似乎有些退怯。

班長和總統毫不留情地推推紅毛，要他打頭陣。

與其讓他們爭來爭去誰要按電鈴這事，我一個箭步上前，直接用行動表示都別爭了，讓我來。

「小蘇！」小熊慌慌張張地喊了一聲。

我的食指用力按下電鈴，對講機裡傳來一道歌聲。

平常聽，可能會覺得樂聲悅耳。

但大半夜聽見有女人沙啞地唱著「我等著你回來，我等著你回來。我想著你回來，我想著你回來……」，雞皮疙瘩眞的剎那間炸開。

我感覺我的膀胱也差點，要炸了。

幸好沒有。

「咿啊啊啊！我們還是離開吧，現在就離開！」小熊緊緊抓住我的手臂，似乎隨時都會哭出來，「小蘇，這裡感覺好可怕啊！」

「但是，這裡有廁所。」我面無表情，用氣聲在小熊耳邊說話。

小熊的表情微妙地一頓。

身爲她的好朋友，看她的臉色變化我就猜出她在想什麼了。

被我這麼一說，她現在也想上廁所了。

好在那首「我等著你回來」沒有整首唱完，大概唱了五、六句後就停了，緊接著傳出像是屋內大門打開的聲音。

「欸，確定沒問題嗎？」香草緊張地盯著那道紅鐵門，深怕後面跑出什麼嚇人的東西，「我們還是……」

「煩不煩啊妳！」紅毛被惹得不耐煩了，口氣很差，「一下要、一下不要的，不然妳自己騎車走啊！腿是長妳身上還我身上？」

香草被紅毛咄咄逼人的氣勢嚇住，嘴巴張得開開，卻發不出聲音，眼裡流露幾分惶恐。

「別跟他爭這個了。」楊咩咩拉了一下香草的外套。

很快地，沒人在乎紅毛和香草之間的爭吵。

紅鐵門後傳出開鎖的聲音，門閂被緩慢地抽開，在夜間發出刺耳的聲響，彷彿有人在耳朵旁邊哀號呻吟。

紅鐵門由內打開一條縫，一個穿著睡衣的短髮女人站在後面，露出一隻眼睛盯著我們。

也許是紅毛方才拿出了罵人的氣勢，一時沒人敢推他上前。最後班長推推眼鏡，往前踏出一步。

「不好意思，我們在這……」班長才說了幾個字就哽住，趕緊轉頭望著我們，臉上寫著無措，好像不知道該用什麼理由才好。

說迷路了也不對，說鬼打牆更不對。

關鍵時刻，小熊竟義無反顧地跳出來，「我們想跟妳借個廁所，不知道方不方便？拜託了，我……朋友的肚子眞的痛到不行了，她可能快拉出來了！」

我默默吞回了原本要送給小熊的稱讚，改對她豎起一根中指。

在說「朋友」兩字的時候，爲什麼非要往我這看不可？我只是想上個小號，拜託不要趁機抹黑我！

也許我沒有表情的臉看上去就很有說服力，也可能是短髮女人看在小熊是個可愛女孩子的份上……不管過程如何，總之結論就是我們被允許把機車牽進了紅鐵門後面的院子裡。

進來院內才發現，這棟建築物佔地不小，起碼在我們這區足夠被稱作別墅了。

這棟二層樓別墅的院子裡種了不少樹木和植物，白天看一定綠意盎然，在半夜一點多看，就是陰森氣氛滿點。

小熊都快把我的手臂抓痛了，整個人也幾乎貼到我身上。

我不客氣地拍開她的手，要她稍微保持距離，沒聽過最佳社交距離是一點五公尺嗎？

這絕對不是我在記恨她剛才誣賴我快拉出來。

短髮女人帶我們走到屋子正門前，門板半敞，裡面流洩出溫暖的淡黃燈光。

從大家放鬆的神態來看，不管這屋子和屋子主人有沒有問題，起碼這種顏色的燈光無形中已爲他們帶來一股安心感。

感受到短髮女人不時投來的目光，我安靜地回視，但我面無表情又擰著眉的樣子顯然讓她誤會什麼。

「廁所就在大門進去後左轉走廊直直到底。妳先進去吧，我看妳痛得臉色很難看。」短髮女人口氣放緩地催促我行動，沒了開門時的不近人情。

「我陪小蘇一起去。」小熊打著陪伴的名號，根本是想藉機上廁所，但又怕自己一個人。

想到她說好要請的五頓免費燒肉，我覺得又能原諒她了。

「客廳裡有不少我的收藏品，你們別嚇到就好。先進來待一會兒吧，外面都在滴雨了。」短髮女人這麼一說，院內的黑夜上空眞的陸續落下雨滴。

頂多算是毛毛雨，但冷冰冰的液體一觸及皮膚還是令人瞬間起了一陣雞皮疙瘩。

誰也不想在院子裡久留。

我和小熊跑得最快，連留意周遭環境的時間也沒有，進了大門就一馬當先地左轉跑過走廊，直衝底端的廁所。

我是眞的想要上廁所。

小熊也想上廁所，但更怕落單被我拋下。

解決完生理需求後，我們倆一臉神清氣爽地沿著原路回到客廳。然後，就看到班長他們僵著身體，像群孤苦無依的小雞瑟縮在離電視最遠的位置。

還沒等我意識過來發生什麼事，小熊率先尖叫一聲，又趕忙捂住嘴巴，一副想把自己往我胸口埋的驚慌模樣。

我後退一步，用行動拒絕了小熊。

我平，埋不了，也不想讓人埋。

接著換我看見一幅鮮血淋漓的場景，要不是我平時表情變化少，俗稱有點面癱，恐怕就要步上小熊的後塵。

「別怕，那只是電影而已，我剛好在看片。」短髮女人慢吞吞地說，順便對比較晚到客廳的我們做了自我介紹。

她姓金，自稱金小姐，一人獨居在這。

「操，原來是電影……不，我是說草，一種植物。」我及時改口，總算把客廳的環境打量清楚。

別墅客廳的門口對面是一整片落地窗，沙發後面的白牆掛著許多造型不同的時鐘。從最常見的石英鐘、電子鐘到老爺鐘，就連布穀鳥鐘都有，簡直像個時鐘收藏家。

接連大門的半面牆設置了ＤＶＤ光碟展示架，大約上百張光碟擺得整整齊齊，封面一致朝外，還全都是恐怖驚悚風。

一邊的櫃子上甚至擺了一隻嬰兒大的黑衣鬈毛娃娃，就是在經典作品「奪○鋸」裡面常出現，臉頰上有兩塊像是魚板花紋的那隻。

而六十吋的曲面大螢幕上剛好定格在受害者肚破腸流的場景，畫面清晰、色彩鮮明，別說是腸子切面的內容物了，就連腸繫膜也能看得一清二楚。

用一句話來形容，就是高清無碼版吧。

金小姐……感覺跟陳小姐放一起喊的話會容易舌頭打結，我就用「小金」稱呼她吧。

小金似乎慢了好幾拍才注意到在場的人顯然不愛這種高清無碼，她用了慢動作找到遙控器，又慢動作地按下按鍵。

「啊，不好意思。」小金一臉歉意地說，她的聲音跟電視裡播放出來的刀子攪動臟器聲疊在一起，「不小心按錯了。」

小熊已經發出小聲的尖叫，雙眼捂得死死，生怕看到任何血腥畫面。

縮在沙發那邊的班長等人也紛紛別開臉，看樣子他們都不是恐怖片愛好者。

我也不算是，我看得見鬼不代表我愛看血淋淋的東西。

只是我的面癱儼然被小金錯認爲鎮定，她感到無趣地咂咂舌，乾脆俐落地關掉電視，正面向著我們所有人。

小金長得瘦小，頭髮又短，乍看下只是個弱女子。但也就是這樣的弱女子，突然對我們露出了詭異的微笑。

「我想玩個遊戲，我們來玩個遊戲吧。」

隨著她說出這句古怪的話，整棟別墅裡的燈光驟然暗下，無預警降臨的漆黑讓驚嚷和叫罵聲此起彼落。

「怎麼回事？到底發生什麼事了啊！」

「呀啊！為什麼沒有光了！」

「幹幹幹！誰把燈關了？」

一片混亂過後，大夥總算想起世上有個偉大的發明叫手機。

一支支手機紛紛亮起，螢幕和手電筒的光芒很快重新照亮客廳。

——小金不見了。

那個瘦小的屋子女主人彷彿平空消失，但也不排除只是趁亂跑走。

有了照明，大家似乎稍微冷靜下來。

滴答滴答，滴答滴答。

在寂靜和幽暗的襯托下，時鐘發出的聲響格外響亮，讓人忍不住心頭一顫。

班長找到電燈開關，按了幾下，客廳裡的枝型吊燈毫無反應，還是只能靠手機的光源照亮周圍。

「現在到底是怎麼回事！」總統大聲地喊，好像這樣就能掩蓋他的驚惶，「那女人是怎樣啊？是衝三小！」

「先別管她了！」香草握緊手機，邁開大步，「我不管你們要怎樣，反正我要走了，我要離開這個鬼地方！」

香草的意見獲得所有人的認同。

我們趕忙跟上香草的腳步，急急地衝往大門方向。

香草跑在最前面，一看到大門立即伸出手，用力地旋動門把，然而大門卻聞風不動。

「怎麼回事？」香草臉色大變，不死心地再次使勁。可不管她左轉右轉，門就是打不開。她越轉越急，也越來越焦慮，最後甚至猛地拍起門板，「開門！開門啊！誰快點把門打開！」

「香草！」楊咩咩連忙上前拉住失控的女孩，一把抱住她，試圖讓人穩定下來。

「我來試試！」紅毛腳一跨，越過玄關前的兩人。他把手機湊近那扇不鏽鋼材質的白鐵門，門鍊沒有扣上，但暗門是鎖上的，難怪香草怎麼轉也轉不開。

他鬆口氣，將暗門順時針一轉，果然聽到了解鎖的聲音。他馬上再旋動門把，放鬆的表情才剛要躍於臉上，下一秒卻僵成一片錯愕。

門依舊打不開。

眼看紅毛僵在大門前，總統不曉得發生什麼事，不耐煩地上前推開對方，換他自己來。

「幹嘛啊？站著不動是以爲門會自己……」總統的抱怨突然斷了尾巴，他不敢置信地瞪大眼，拚命轉動門把，又再轉動暗門。

但和紅毛的狀況一樣，無論他嘗試多少次，大門就是沒辦法正常開啓。

「不……不是吧，門卡住了？」班長慌張地推推眼鏡，「那其他地方，這裡總有其他門或是……」

「落地窗！」小熊和我異口同聲。

其他人頓時也想起了客廳那一整片落地窗，既然正門打不開，那就換從那邊出去。

我們一群人快速重回客廳，手機晃動的燈光就像一群慌亂的螢火蟲在半空飛舞，留下一道道光之軌跡。

客廳裡依舊一片昏暗，就連外頭景色也看不清楚，庭院裡的植物似乎都被濃稠的夜色吞沒。

牆上的時鐘還在運作，滴答滴答、滴答滴答，每一下音響都讓人焦躁得心煩，不禁神經緊繃。

這次班長一馬當先，直奔到落地窗前。他沒忘記確認安全鎖的狀態，發現是扣上的，他即刻打開，再將其中一扇玻璃拉門用力往旁一拉。

玻璃拉門毫無反應。

「不……不可能吧……」班長懷疑是自己力道不夠，他深吸一口氣，卯足了勁，再重新一口氣拉動拉門。

落地窗的拉門就是不動。

「班長，你不會是沒吃飯吧。」總統嘴上雖然這樣嘲笑，但誰都聽得出來他的語氣很虛，比較像是故意沒話找話，讓氣氛沒那麼嚇人。

但班長顯然沒被安慰到，他扭過頭，在手電筒燈光的映照下，他那張露出苦笑的臉龐也被照得一片慘白。

「門沒鎖，但我就是打不開。」

班長話裡的意思讓眾人頭皮皆是一麻。

「都沒鎖了怎麼可能打不開？」楊咩咩放開香草，就是不信邪，她親自上前，發誓要一舉拉開落地窗的拉門。

但拉門不給任何人面子，不動就是不動。

楊咩咩似乎一臉不敢相信，她瞪著那個明明沒扣上的安全鎖，然後轉頭問我跟小熊，「那個……小熊、小蘇，不然換妳們？」

我和小熊有志一同地搖搖頭，看就知道這屋子不想放我們出去了。

再試都是白費工夫。

猶如要呼應我們的想法，本來暗下的電視無預警開啓，大螢幕自動亮起一片光芒。

這讓我們又一小陣驚慌。

大夥有默契地聚集在一塊，誰也不想落單。

螢幕裡是一片晃動的黑底，上面幾行白字，畫質顯得特別粗糙，像極了在看老舊黑白片。

一、請在四點四十四分前找到鬼。

二、不能破壞屋內的東西。

三、猜猜鬼是誰。

四、四點四十四分前一定要回到客廳裡。

「現在幾點了？」小熊慌張地問我，「我們來得及嗎？」

我按著她的肩膀，把她轉向掛滿時鐘的那一面牆，「兩點十分。」

「還有兩個多小時，時間肯定夠的。大家快拿出手機！」班長趕緊呼籲一聲，「先訂個鬧鐘，免得時間快到了卻沒發現。這屋子看起來也沒多大……總之，先爲自己留個五到十分鐘保險一點。」

班長這麼說很有道理，大家都打算照做。可是卻在拿出手機、螢幕亮起的時候，紛紛發出吃驚的叫喊。

「等等，現在時間是幾點？爲什麼我手機是顯示九點十分！」紅毛最快嚷了出口。

「我、我是十二點整……」香草臉色發白，接連的打擊讓她整個人搖搖欲墜。

「……我是四點四十分。」班長的眉頭皺得像要打成死結。

總統和楊咩咩也報上了他們的時間。

而我是三點二十分，小熊則是七點四十八分。

大家統統不一樣。

「冷靜，冷靜下來……」班長自己先做了個深呼吸，無意識地推扶鏡架好幾次，「時間不一樣沒關係，那就把鬧鐘設成兩個小時又二十分後響起，這樣肯定沒問題的。」

但很快地，又有人發現了大問題。

「喂、喂……」總統的聲音有點發顫，「從我們發現手機時間有問題到現在，起碼也過了一分鐘吧……可是，爲什麼我手機上的時間還是沒變？」

我點開手機螢幕，還真的，手機時間沒變，簡直像是被定格。我想起這地方只限制了對外聯絡，那麼上網看個正確時間應該還做得到吧。

事實告訴我，我錯了。

網路上的各地時間都變成一片亂碼，擺明不給我們用其他方法鑽漏洞。

滴答滴答，滴答滴答。

彷彿印證我的猜測，客廳內的時鐘忽地放大了音量，秒針和鐘擺的聲音一下下地敲擊著，猶如在催促我們加快腳步，加入遊戲。

「只有這些鐘……是正常的嗎？」紅毛吞吞口水，盯著其中一個布穀鳥鐘，「它的時間眞的有在前進！眞的，我看到了！這個鐘會整點報時吧，就是小屋子裡會有鳥飛出來對吧！」

「不如我們都帶一個鐘在身上？」發現還是有時鐘能確定時間，香草的臉色稍微好轉一些，「然後分頭去找鬼……鬼就是剛剛那個金小姐吧。」

「不能落單，要分組行動！」小熊死命地抱住我的手臂，連連否定了香草的意見，「恐怖片都這樣演，要是自己一個人行動，就會被鬼咔嚓掉！」

「那就分組。我們有七個人，是要分兩組，還是拆成更多組？」楊咩咩提出問題，「只有兩個多小時的時間。」

「不管要分幾組，總之我跟小蘇是綁一起，鎖死了，鑰匙還被我吞了！」小熊語速飛快地說。

雖然我不是很想跟小熊鎖死在一塊，但看在五頓免費燒肉跟友情的份上，就先不潑她冷水了。

經過一番討論，我們大夥一致認爲只要在規定時間前找出小金躲在哪裡，就可以結束這場遊戲。

我們沒有把鐘帶在身上，畢竟布穀鳥鐘和老爺鐘都會按整點發出聲響，這些聲音都能作爲提醒。

「這地方不大，直接拆兩組吧，一組人到樓上，另一組人在一樓找。」班長自然而然地分起組，「女生剛好有四人，就二二拆開，再搭配男生一起行動，這樣也安全、保險些。」

二樓沒人上去過，所以就讓人多的那組上去，也就是香草、楊咩咩、總統和班長。

我和小熊、紅毛便待在一樓。

小熊長得又甜又軟，從國中時就很受男生歡迎，長大後更不用說。

紅毛好幾次想跟小熊搭話，還拍胸脯表示有他在別害怕，他會負責擋在最前方。

看得出來紅毛是想在小熊面前展現男子氣概。

「好啊好啊，那我跟小蘇就走後面。」可惜小熊完全沒GET到，反倒欣喜地挽著我的手，果斷退到紅毛身後。

我都能看到紅毛嘴角抽了抽，臉部肌肉似乎出現一瞬扭曲。

屋內依舊一片漆黑，電燈開關不管按多少次都沒有反應。

我們還是得拿著手機充當照明，在一樓尋找任何可能的線索。

目前時間仍相當充裕，因此我們的目標只有一個——找出鬼在哪裡。

以玄關爲起點，沿著走廊一路往前，一樓的格局是這樣的：

玄關、客廳、書房、浴室、廁所，最後是廚房。

走完一圈可能還花不到一分鐘，但如果每個房間都要仔細搜索，要花的時間可不少。

「小蘇，妳覺得鬼會藏在哪裡？」小熊和我說起悄悄話，「妳能看到嗎？」

小熊可能是冀望我的陰陽眼幫得上忙，但老實說，打從進到那條小路的範圍後，我就什麼也沒看到了。

「沒辦法。」我直接承認，「剛剛一路上都沒有發現，而且我們都能看到小金了，就表示我的陰陽眼在這裡恐怕沒用處。」

「小金是誰？」小熊在意的重點反而是別的。

「金小姐，我覺得用暱稱比較好稱呼。」我說。

小熊一臉難以言喻的表情，似乎不能理解我幹嘛給一個阿飄取暱稱。她不懂，誰教我身邊還有一個陳小姐。

如果金小姐、陳小姐放在一起喊，未免太沒辨識度。

我們從後方開始找起，廚房沒看到任何影子，廁所和浴室也是，小熊甚至連馬桶水箱都打開了。

「沒人……這樣說好像不對，反正這裡沒阿飄。」小熊失望地把沉重的水箱蓋子放回去。

如果鬼要躲在那裡，也太犧牲了一點。

我們朝下一個目的地前進，這次進入的是書房。

紅毛站在書櫃前，手機燈光逐一朝那些書掃過去，「嘖，都是無聊的書……一堆××學之類的。」

「怎樣算有趣？」小熊好奇地問。

「當然是色色的……」紅毛猛然意會到自己說錯話，連忙改了句子，「咳，我是說攝……攝影相關的書啦！我對拍照滿有興趣的，我可以現在就替小熊妳拍一張喔。」

「不用不用，真的不用了。」小熊瘋狂搖手，完全不想在鬼屋裡拍照。

我繞著書房轉了好幾圈，總感覺自己漏了什麼，可一時又想不起來。

正當小熊打算拉開書桌的抽屜、檢查鬼會不會躲在裡面的時候，書房外驟然傳出了駭人動靜。

「呀啊啊啊啊——」

多人的尖叫猛然在二樓爆發，接著歸於平靜，好像什麼事也沒發生過。

我與小熊、紅毛被嚇了一大跳，面面相覷，在彼此眼中看到不妙的預感。

「上面發……發生什麼事了？」紅毛膽顫心驚地說。

「不知道。」我老實回答。

「他們不會出事了吧？」小熊緊張地握緊我的手，「小蘇，我們是不是要上去看看？」

「萬一那個女鬼就在樓上怎麼辦？」紅毛馬上大力反對，「那我們不是送死嗎？」

「我們都在人家地盤裡了……不然你先打電話給他們？」我向紅毛提出建議。

紅毛眼睛一亮，似乎覺得這辦法安全又可靠。

趁他打電話時，我和小熊先跑向樓梯口，但這個位置也聽不見二樓有什麼響動。

我戳戳小熊，「妳肺活量好，喊一下。」

「什麼叫我肺活量好，我明明是嬌弱的一朵花……」小熊不滿我這個說法，斜睨我一眼，但還是照著我的意思朝二樓大叫，「班長、總統、香草、楊咩咩！有聽到嗎？」

小熊的吶喊幾乎響徹別墅。

這種驚人的音量，照理說二樓的人不可能沒聽到。

然而樓上卻依然靜悄悄的。

針落可聞的詭異寂靜好似籠罩了這間別墅，我只能聽到我們兩人的呼吸聲，其他什麼也沒有。

「小、小蘇……」小熊吞吞口水，把我的手抓得更緊，我都懷疑過不久就會被抓出瘀青了，「我們是不是該……」

「妳都這麼想了，那就上去看看吧。」

一轉頭，打算叫上紅毛，卻發現後面空無一人。

我們以爲紅毛還在書房，然而當我們回到那裡，還是沒有看見對方。

「我們分開找。」我說。

「不行！」小熊說什麼都不肯鬆開我的手，「要是我們分開了，一定會馬上找不到對方，或者被不明的力量拖走，恐怖片都嘛這樣演的！」

在小熊的堅持下，我們像連體嬰一樣跑去看了廚房、廁所、浴室，就連客廳也去看過。

但是都沒有。

紅毛簡直像是人間蒸發。

我和小熊在彼此眼中看見愕然，誰也不曉得到底發生什麼事。

靜悄悄的別墅裡突然間好像只剩我們兩人，沒有燈光照明的空間被一團漆黑盤踞，彷彿躲藏著某種怪物。

「我們……我們先到樓上看吧？」小熊吞吞口水，以不確定的語氣說。

我沒有意見。

樓梯不寬，無法兩人並行，小熊改拉著我的手，小心翼翼地跟在我後面。

一上到二樓，我們就發覺這裡氛圍異常。

太安靜了，宛如一個人都沒有。

「班長、總統、香草、楊咩咩，你們在嗎？」小熊壓低音量，小小聲地在走廊上喊。

還是沒有人回應。

應該在二樓搜查的四人組，也像是平空消失一樣。

「小熊，妳有他們的 LINE 或電話吧，妳打看看。」我的手機對著前方，讓光束照射出去，驅散一部分幽暗。

小熊立刻打電話給其他幾人。在這麼安靜的環境，就算沒開擴音我也可以聽見 LINE 專屬的鈴聲持續響著。

小熊試了好幾次，但沒有任何人接起。

小熊白著臉，對我搖搖頭，「我只有班長和香草的 LINE，但響了一陣子都無人接聽。小蘇，現在要怎麼辦？」

「先……先把二樓看一遍吧。」雖然我心裡也沒什麼好主意，但感謝我的面癱，讓我說起話來特別穩重，值得人信賴。

小熊毫不猶豫地全信了。

我們倆從二樓最左邊檢查，這層樓的空間分布是這樣的：廁所、浴室、臥室、臥室、主臥室。

不管是哪個房間都沒看見人，而怪異的事則在我們走完一圈後發生。

原本二樓應該只有三房加一浴室再加一廁所，但走著走著，走廊似乎變寬，也變長。

起初我們還能當錯覺，但當我們走到主臥室的房門前，卻發現它隔壁竟然多出了一個房間。

出現了第四間房間！

我和小熊內心咯噔一聲，一個不妙的猜想在我們腦中浮現。

這別墅……該不會會自動擴建？

彷彿在證明我們內心猜想，下一秒就看見本該是天花板的地方無預警開出一個洞，洞口越來越大，洞內往下延伸出一級級階梯，一直連接到二樓的地板上，竟形成了一座通往三樓的樓梯。

我和小熊的臉色都不太好看。我們可是記得很清楚，在外面看的時候，這屋子就只有兩層樓，現在是無中生樓了嗎？

緊接著，位在二樓的我們清楚聽見上方傳來急促的腳步聲。

咚咚咚！

每一下都踩得那麼急、那麼重，彷彿在追逐什麼，又或者躲避什麼。

我和小熊躲進一間房，門板半掩著，屏氣凝神地觀察門外動靜。

腳步聲越來越接近那個平空生出的樓梯口。

一雙腳首先進入我們的視野中。

穿著休閒褲，鞋子尺寸看起來是男性所有。

然後是完整的身形暴露出來。

「班、班長？」小熊驚呼出聲。

從平空冒出的樓梯上跑下來的人，不就是以為失蹤的班長嗎？

「小熊？蘇同學？」班長的眼鏡都歪了一邊，但他似乎顧不得扶正，一心只想往我們倆所在的位置衝過來。

我們也趕緊從房間裡跑出來。

「天啊天啊，我終於看見我以外的人了……」班長熱淚盈眶，恨不得給我們兩人來個大擁抱。

我和小熊有默契地齊齊往後退了一步。

班長也不在意，他摘下眼鏡，擦擦泛紅的眼角，再把眼鏡戴上。

「班長，其他人呢？」小熊問道：「而且你怎麼會從樓上……這裡不是應該只有二樓嗎？」

「我也不知道我爲什麼會跑到三樓……我一直以爲我在二樓的。」班長習慣性地推推眼鏡，眼裡還殘留著驚魂未定，「其他人……總統他們，他們拿盆栽想要砸破窗戶玻璃，看能不能從二樓逃出去……」

我和小熊對視一眼，砸玻璃那麼大的動靜，我們先前都沒有聽見。

這只能證明，這間別墅的空間早在我們不知道時就已經出現錯亂或扭曲。

「我阻止過他們，第二條規定明明說了不能破壞屋內的東西……我不知道窗戶算不算，畢竟它沒破。可是盆栽碎了，然後他們……」

班長臉色蒼白，虛弱地擠出最後幾個字。

「……就消失了。」

班長最後的那句話，有如一顆巨石墜入平靜的湖面，在我們心中激起了劇烈的波瀾。

「消失是指……」小熊舔舔嘴唇，手機仍不時往四周照射，就怕突然冒出什麼可怕的存在。

「他們在我眼前不見！妳們知道嗎？」班長語速加快，聲音也不自覺提高，「直接就不見了！明明上一秒還在，然後下一秒就、就……我還以爲我產生幻覺了，可是我怎樣也找不到他們！」

「班長，你冷靜，冷靜點！」小熊趕緊安撫。

萌萌美少女的安慰顯然還是起了不小的效用。

班長深吸一口氣，從激動的情緒中脫離，「抱歉……」

「要……再上去看看嗎？」我仰頭望著那座神奇的樓梯，「說不定會有什麼新發現。」

「不要！拜託別再上去了！」班長拚命搖著頭，「上面看起來跟二樓一樣，在我衝下來前，我甚至以爲我在二樓……我真的覺得沒必要再上去冒險，那個鬼一定是把總統他們藏起來，否則人哪可能說消失就消失！」

「我有個問題。」我問道：「消失的人都砸過玻璃嗎？」

「拿東西砸玻璃的只有總統跟香草……」班長陷入回想，「楊咩咩，楊咩咩沒有，可是她也不見了。對了，紅毛呢？他不是應該跟妳們在一起？」

「紅毛的狀況……跟楊咩咩差不多吧。」小熊說，「我們本來在書房，然後聽見樓上有動靜，我跟小蘇跑出去看，結果紅毛就不見了。」

「照理說紅毛沒有破壞規則，楊咩咩也沒有……」小熊困惑極了，「這樣很奇怪啊，鬼不講邏輯的嗎？」

我倒是不覺得哪裡奇怪，像我身邊那一位陳小姐就很不愛按常理出牌。

我們三人各自確認手機的電量，大約都還有六十趴以上，起碼短時間內照明還很夠。

「小蘇，妳有沒有聽到……什麼聲音？」小熊忽然緊張地問，不住東張西望。

「聲音？什麼聲音？」班長的詫異緊接轉爲震驚，「等等，眞的有聲音！」

我也聽見了，只是一時間難以判定聲音從何而來，似左似右，又好像忽遠忽近。

啪、啪、啪。

聽起來像是拍手聲，但又比拍手更沉悶一些。

啪、啪、啪。

聲音很規律，像是同時由好幾個源頭一齊發出。

「小蘇！」小熊倏地大力拉扯我的衣角，連帶也拉住我的腳步。

我回過頭，看見小熊的臉上透出驚懼。

「我好像、好像聽過那個聲音……」小熊蒼白著臉，抓著我的手指也在微微發抖，「很久以前聽過……」

我還來不及問她是在哪聽過，聲音的來源突然出現在我們面前。

班長發出了「呃呃呃」的呻吟。

主要是眼前的畫面太過詭異。

一排白色人影從牆裡陸續走出，他們的臉被白布蓋著，只能看見鼻下的輪廓。他們高舉著雙手，一下一下地拍著手。

以手背對手背的方式拍。

小熊幾乎要哭出來了，現在上演的景象簡直就是她國中時的惡夢重演。

小熊驚慌地把臉埋在我的背上，不敢再多看那些反手拍的人影一眼。

那些白色的人走得很慢，似乎沒注意到我們。

他們從牆裡走出，慢慢地往通往三樓的樓梯方向走。就在第一人準備踏上階梯的剎那間，他們全都停下步伐。

我不自覺屏住呼吸，雙腳像是被釘住，一時動彈不得。

下一瞬，白色的人影不約而同地朝我們方向轉過頭，臉上的白布掉了下來，露出底下的臉。

用臉來形容也不太正確，上面沒有任何五官，有的只是如同蜂巢密密麻麻的黑色坑洞。

「啊啊啊啊！」

那模樣太嚇人了，即使是看慣阿飄的我也尖叫出聲。

我的尖叫引發了連鎖反應，躲在我背後的小熊就算什麼也沒看見，依舊忍不住跟著尖叫。

慶幸的是，那些人好像只是要聽我們尖叫而已。聽見我跟小熊都被嚇得叫出聲後，他們又齊齊轉回頭，整齊一致地繼續用手背拍著手背。

這種彆扭的姿勢他們卻做得很自然，他們反拍著手，逐一走上三樓。

隨著最後一人的雙腳消失在樓梯間，三樓的出入口消失，隨後就連那座多出的樓梯也消失得無影無蹤。

我的心臟劇烈狂跳，一時半會兒難以平復下來。

小熊在我身後打著哆嗦，她的顫抖傳遞到我身上，差點讓我也一起抖。

「小蘇……」發現周圍沒聲音了，小熊的臉還是埋在我背部，不肯抬起來，「他們……不見了嗎？」

「不見了。」我仰頭看著恢復正常的天花板，確定上面連一條縫都沒有，「眞的不見了。」

小熊慢慢鬆開緊抓著我衣服的手，慢動作抬起臉，然後大大喘了一口氣。

「對了，剛剛好像沒聽見班長尖叫，班長太有勇……」小熊的話說到一半哽住了，她本想誇獎一下在方才情境下顯得鎭定的班長，但一看過去，赫然看見對方雙眼緊閉，一點動靜也沒有。

「班長？班長？」小熊喊了幾聲，伸手推推班長，沒想到站得直挺挺的人霍然往旁倒了下去，「班長！」

原來班長早就昏過去，怪不得那麼安靜。

看著昏迷的班長，我和小熊商量一會兒，決定還是先把人搬到適合安置的地方。

「主臥室怎樣？」小熊說，「有床還有廁所，要是班長醒過來，感覺自己腦震盪不舒服，還可以立刻衝去廁所吐。」

我抓著班長的兩隻手，想把人拉起來，但對方重得像鐵塊。原來「人昏迷後會變得更沉」這句話不是瞎掰的。

最後我和小熊合作，把人抬往最近的一間房間。

如果班長起來後真的想吐，那就犧牲小金家的寢具跟地板吧，誰教她把我們困在這裡。

我們辛苦地往前移動，費了一番力氣才總算把人放到床鋪上。

「班長？」小熊試著再呼喊幾聲，「班長？」

班長昏得很徹底，連丁點反應都沒有。

正當我們要走出房間的時候，房內衣櫃忽地發出聲響。

小熊抓住我。

我默默抽回手，再被她這樣抓下去，我手都要瘀青跟破皮了。

「恐怖片有沒有說過，發出聲音的衣櫃該不該開？」我問小熊。

小熊皺著眉，想了一會兒，「一半一半耶……一半是開了會衝出喪屍，一半是獲得線索或是發現生還者。」

「那就開吧。」我果斷地說，「畢竟鬼屋可不會出現喪屍。」

小熊隨手抓了床上的枕頭充當武器，亦步亦趨地跟在我身邊，預防衣櫃內無預警衝出什麼。

我深吸一口氣，一把拉開衣櫃門，眞的有東西滾下來了。

「啊！」小熊的尖叫還沒喊出，緊接變成吃驚的叫嚷，「香、香草？」

我眼明手快地接住往下跌的香草。

但前面說過了，人失去意識會變得特別重，我差點被香草壓得一屁股坐在地上。

小熊急忙救援，和我一起扶住香草，讓對方能好好地靠著衣櫃坐好。

香草腦袋垂下，閉著雙眼，似乎也陷入了昏厥。

看樣子，剛才衣櫃內的聲響是香草的腦袋撞上櫃門發出的。

但是，香草爲什麼會在衣櫃裡？

和班長的情況一樣，香草也叫不醒。

「怎麼辦？」小熊看看坐在地上的香草，再看看躺在床上的班長，「把香草搬到另一個房間的床鋪上嗎？」

「不不，先等一下。」我否決了小熊的提議，「現在幾點了？妳有聽到鐘聲響嗎？」

小熊搖搖頭，接著瞪大眼。

我們倆感覺在一、二樓已經花了不少時間，照理說一小時也要有吧，但是卻沒聽到哪一個時鐘發出報時聲。

有兩個可能性，一個是我們自認爲有一小時，可其實沒有；另一個則是，那些鐘根本不會報時。

我和小熊急急想下樓確認，可是小金訂下的一條規則驀地跳出我的腦海。

必須在四點四十四分回到客廳。

班長和香草也不能放在這裡不管。

小熊和我認識那麼久，雖然不到我肚中蛔蟲的地步，但好歹能看穿我現在在想什麼。

「是不是先把他們拖下去比較好？」小熊說，「但碰到樓梯會很麻煩……」

「我有一個辦法。」我在說話的同時也把床上的棉被一把抱起，「小熊，幫我收集其他被子與枕頭。」

「一起收集，不能落單。」小熊對此還是很堅持。

於是我們同進同出幾間臥室，抱了一堆棉被、枕頭來到樓梯間，把被子鋪一鋪，勉強弄成一個坡道，樓梯底端堆起枕頭山，再把香草和班長搬出來。

接下來的工作就比較簡單了。

直接把人拉下樓梯就好。

過程難免會有些碰撞，但我們真的努力了。

反正要是香草和班長醒過來，發現自己腦袋怎麼腫起來，我會毫不猶豫地把黑鍋都扣到小金身上。

總之我們終於把班長和香草都拖到客廳了。

順便也確認了牆上的鐘眞的不會報時。

現在是半夜三點零五分。

距離遊戲結束尙有一個多小時。

我們還不曉得鬼藏在哪裡，但是重新在一樓搜索後，在浴室的浴缸和書房的書桌底下，分別找到了昏迷的總統和楊咩咩。

只剩下紅毛下落不明。

我和小熊沉默對視，再一起抬頭往上看，看樣子只能再上樓找一輪了。

二樓沒有恢復原樣，甚至和我們下樓前看到的又不一樣。

我和小熊手拉著手，把二樓的房間重新數了一遍，總共多出了四個房間。在開始找紅毛之前，小熊突然僵住不動。

「怎麼了？」我納悶地看著她。

「我……」小熊露出了欲哭無淚的表情，「我想上大號。但是、但是恐怖片……」

「這時候先別再恐怖片定律了。」我打斷小熊的話，「是多想上的程度？可以忍一忍，或是……」

小熊看起來更想哭了，「忍無可忍。」

我馬上把小熊往廁所裡面推，即使她想把我一起拉進廁所裡，也遭到我嚴正地拒絕。

小熊委委屈屈地關上門，沒有鎖，以免她呼救的時候我進不來。

我在外面等，等著等著，又想抽菸了。

我往口袋摸了摸，掏出打火機和香菸，點燃後深深吸了一大口，感受尼古丁沉浸至我的肺部。

這時就得慶幸陳小姐不在，要是被她知道我一天抽超過三根，她會聯合整棟老公寓的住戶，用各種方法將香菸毀屍滅跡。

「小蘇，妳是不是在抽菸？」小熊的鼻子很靈，待在廁所裡一下就聞到了。

「對，抽一根壓壓……」我後面的字還沒說出來，就被無預警冒出的聲音蓋過去。

砰！

像有人在拍打窗戶。

我繃緊背部，反射性看過去，什麼也沒看到。

「小、小蘇……」小熊的聲音都在發顫了，「剛是不是有……」

「這樣妳也聽得到？」我比較吃驚的是這一點。

「呀啊！所以真的有是不是！」小熊在廁所裡哇哇亂叫，「我是不是該馬上衝出來，但我才上廁所上到一半……」

「大便到一半就說大便到一半。」

「不准說那兩個字，美女是不會說大便這種字眼的！」

「妳現在不就說出來了嗎？」我彈彈菸灰，反正這鬼地方都不肯讓我們好過了，那也不必講究清潔禮儀之類的吧，「妳繼續上妳的廁所，我去看看。」

「那……那我的門可以打開一條縫嗎？看不到外面我覺得很可怕。」小熊小心翼翼地說。

我是沒意見，反正不怕被別人看到的又不是我。

廁所門從裡頭推動，開出了一小條縫。自稱美女，實際上也是美女的小熊在這一刻似乎拋棄了羞恥心，寧願上廁所不關門，也不要什麼都不知道地待在密閉的小空間裡。

我朝著走廊另一頭的窗戶走過去，聲響就是從那裡傳來的。

當我在窗前站定，都還沒貼近玻璃向外探望，「砰」的一聲，一個白色手掌驟然拍上二樓玻璃窗。接著換一張蒼白無血色的臉冷不防湊近，她的長髮披散，白裙飄飄。

這棟屋子外面是沒陽台的，一般人根本不可能懸空站在外面。

我倒吸一口氣，香菸從指間掉落。

怎麼又來一個女鬼！

然後那口氣下一秒就放掉了。

喔，是陳小姐。

我沒尖叫，但廁所裡的小熊尖叫了。

「呀啊啊！小蘇！怎麼了、怎麼了？現在到底情況怎樣了啦！」小熊的聲音聽起來都快哭了。

我實在不好意思告訴她，那位從北到南，一路介於我們之間的第三者再度歸來。

「沒事，外面風大，樹枝打到窗戶了。」我踩熄香菸，決定說善意的謊言。

陳小姐指指玻璃窗的安全鈕，我回給她一個愛莫能助的表情。不是我不想開，而是這屋子的對外門窗一律開不了。

陳小姐眉毛微蹙，接著她拿出了手機。

我正想隔著玻璃對她大喊手機是沒有用的，被我塞在口袋內的手機忽地發出提示音。

我嚇了一跳，用最快速度抽出手機，然後一臉不敢置信地看看手機，再看看窗外的陳小姐。

陳小姐居然成功發了一句話給我。

妳怎麼跑這裡來？我花了好多時間才找到妳。

我立刻戳著螢幕上的鍵盤，想要跟陳小姐解釋整個過程的來龍去脈，然而我發出的訊息旁邊再度出現那個斜斜的小箭頭。

發送沒有成功。

很顯然，現在只有陳小姐單方面能傳訊給我。

也許打電話也可以。

我正想叫陳小姐打給我，隨即就意識到自己幹了蠢事。距離那麼近，我們直接對話不就好了嗎？

我沒忘記廁所還有一個人。

「小熊！」我扭頭朝後面喊，「接下來不管聽見什麼，妳都當幻聽就是了，別急著衝出來！」

「小蘇，妳這樣說……我更害怕了啊！」小熊語帶哽咽。

但我這時沒空再安慰她了，反正小熊總有一天也會知道陳小姐的事，現在只不過是把時間點提前而已。

「妳不能進來嗎？破窗而入，穿過窗戶而入，妳不是鬼嗎？」我拉高音量，對著陳小姐大聲說。

小熊果然在廁所裡發出驚恐的慘叫，「啊啊啊！我一點也不想知道妳在喊什麼！」

在小熊的尖叫聲中，陳小姐似乎認同了我的意見，她朝我做出一個手勢，又似乎怕我不懂她的意思，舉起手機給我看。聊天視窗裡有三個字。

向後退。

我恍然大悟還能這樣交流，小熊白受驚嚇一場了。

雖然不知道陳小姐打算做什麼，但我還是往後退了幾步，陳小姐顯然認爲不夠，又擺擺手。

於是我又再退。

退到我覺得我大叫都可能傳不出窗戶外的時候，陳小姐終於有了動作。

長髮飄飄、裙襬飄飄，氣質也仙氣飄飄的陳小姐捏緊拳頭，緥緊的手臂上居然還出現了肌肉。

然後，她一拳打破了窗戶。

廁所裡的小熊沒再叫了，差不多退到廁所門外的我倒是聽見她的喃喃自語。

「我什麼都沒聽到，我什麼都不知道……」

看樣子小熊是陷入自我安慰模式了。

「眞的沒事。」我屈指敲了一下廁所門，「妳就當成有友軍來救援吧，動作大了一點的友軍。」

雖然我曾經看過陳小姐一巴掌把別的阿飄打飛，但粗暴有力地擊破窗戶還眞的是頭一回見到。

配合著玻璃碎裂的驚人聲響，以及四散紛飛的尖銳碎片，更讓這一幕充滿張力。

怪不得陳小姐要我退那麼遠。

要是站太近，恐怕就要成爲被殃及池魚的那條魚了。

陳小姐把窗戶的窟窿打得更大，直到她整個鬼可以跨進來，她站定在地板上，那些碎玻璃穿過了她的鞋子，沒有對她造成任何傷害。

隨著她放鬆的姿態，剛剛隆起的漂亮肌肉好像只是我的一場幻覺。

我想靠過去，親自碰觸一下來證實自己沒有眼花，卻被陳小姐阻止了。

「有玻璃。」

陳小姐主動往我這走過來。

雖然她平常總飄在半空中，但我知道她比我還高，起碼高了一個頭左右。

可現在不知道是不是我的錯覺，站在我身邊的陳小姐疑似、好像……變矮了一咪咪？

不，不只一咪咪。

我瞄了一眼陳小姐，確定對方如今只比我高半個頭。

如果要用更直白的方式來說，就是陳小姐好像變纖細嬌小了？

阿飄也會突然縮水的嗎？

這點小疑惑一下子就被我拋到腦後，反正陳小姐都願意回來找我這個失蹤室友了，那再怎麼變，我這個當人室友的也要多多包容。

「妳沒辦法直接穿過來嗎？」我不解地看著像是普通人爬窗，然後走路過來的陳小姐，「妳現在……我朋友看得到妳吧。」

在我這麼問陳小姐的時候，我倏然瞪大眼，那些散落一地的玻璃竟然回到原來位置，彷彿有人按下了倒轉鍵。

窗戶一下子恢復完好無缺的狀態。

「這裡不是我的地盤，用一般方法不方便。我在這也會被其他人看見沒錯。」陳小姐看了身後一眼又轉過頭，從她的針織外套底下抽出一本書，塞到我手中，「拿著，看書能壓壓驚，這是我最喜歡的一本了。」

姑且不論陳小姐爲何把最喜歡的書偷藏到我行李箱，我現在只想問……

妳是忘了妳和我逆CP嗎？

妳的最愛不是我的最愛，妳的CP當然也不是我的CP，別在這時候試圖挑起CP之戰好嗎？

「不用，謝謝。」我冷漠地把書還給她，先簡明扼要地交代了我們會進來這裡的來龍去脈，再向她發問，「妳是怎麼找過來的？妳知道這地方是怎麼一回事嗎？」

「靠愛找過來。」陳小姐在這種時候說話的語氣還是輕輕慢慢幽幽，無疑爲這間屋子更添一絲詭異氣氛，「我出來外面找妳時，就發現事情不對了。我感應不到妳的氣息，沒辦法定位妳的位置。」

我沉默一瞬，這是什麼人形ＧＰＳ系統啊。

不過和一隻飄當室友，早就沒啥隱私可言了，因此我決定若無其事地接受陳小姐的說法。

「後來呢？」我問。

「後來，用禮貌的方式向附近的鬼打聽消息，終於找到這裡來了。」陳小姐回答。

「好喔。」我應和地吐出兩個字，但內心其實一點也不相信「禮貌的方式」

這個說法。

陳小姐當初可是曾經一巴掌把別的鬼打飛出去當流星。

台北〇〇區地頭蛇絕對不是叫假的。

「不、不好意思……雖然很不想打斷妳們說話。」一個顫顫的聲音飄出，小熊抓著廁所門，心驚膽跳地探出一顆頭，眼神驚恐地看著我……身邊的陳小姐，「但能不能別忘記我也在這。誰來跟我說……現在是怎麼回事？」

「嗯，這位是陳小姐，那位是小熊。」我簡單地替兩邊做了介紹，「都我朋友，就這樣。」

「什麼就這樣？」小熊急忙拽住我的手，先給了陳小姐一個怯怯的微笑，再猛地將我一把扯到牆邊去，壓低聲音，用氣聲焦慮地和我說起悄悄話，「她到底是誰啦！爲什麼有辦法進來這裡？她是從二樓窗戶進來的吧，那她到底是怎麼爬上來？她超人嗎？」

我不好意思告訴她，陳小姐連人都沒沾到邊。

「她就是……有辦法上來。」我果然還是不太會解釋，「我老實說吧，其實她……」

「我是小蘇的室友。」陳小姐主動開了口。

小熊嚇了一跳，反射性將手機轉向陳小姐的方向，手電筒燈光將陳小姐的五官輪廓勾勒得愈發顯目。

只要審美觀沒有壞，都會覺得陳小姐又美又正，氣質還非常好。

小熊眼中露出一絲驚豔，可她沒被美色迷惑太久，隨即一臉狐疑地瞪著我，「等等，妳有室友？我怎麼沒聽妳說過！而且妳室友看起來比妳年輕好多！」

沒禮貌，什麼叫比我年輕好多，陳小姐明明就跟我差……

我靠，差好多啊！

我視線剛觸及陳小姐，驚呼差點沒控制住滑出來。

先前明明比我高半個頭的陳小姐，現在居然比我矮了，就連臉也變得更稚氣，活脫脫一個青春朝氣高中生版陳小姐，臉部膠原蛋白特別多的那種。

即便我內心的震驚如失速火車狂奔，感謝我的面癱臉，我表面還是能做到不動如山。

雖然不曉得陳小姐怎會突然縮水還兼減齡，但身爲人家室友，當然要包容她的一切。

畢竟人家可是衝過來救我了耶！

「我只是剛好沒跟妳提起過。」我含糊地打了太極。

「我們常見到面。」陳小姐冷不防開口。

小熊瞪圓一雙眼，難以理解陳小姐說的是什麼意思。從她的表情就可以看出來，她壓根沒有與陳小姐見過的記憶。

或者該這麼說，如果見過像陳小姐這麼漂亮的人，她肯定不會忘得一乾二淨的。

「只是妳之前沒看見我。」陳小姐幽幽地說，從鞋子的地方開始變淡。

若說小熊一開始還沒辦法領悟陳小姐的意思，那麼現在當她親眼目睹一位長髮美女忽然從實體轉爲半透明，還飄了起來，一如往常地趴到我的背上，再怎麼遲鈍也意識到一個事實。

「阿阿阿阿阿——」小熊的聲音再度跳針，最後拔成了高八度的慘叫，「阿飄——」

小熊比我預估的還要快冷靜下來。

雖然在冷靜之前我起碼被她抓著搖晃了快三分鐘，連陳小姐都被搖下來，還得聽著她「啊啊啊小蘇妳怎麼可以瞞著我，有飄在妳還不跟我說」之類的大叫。

陳小姐看起來想上前拯救我，但我對她擺擺手。不讓小熊這時把驚怒發洩出來，事後她扣押了我的五頓免費燒肉該怎麼辦？

爲了燒肉，就算被小熊猛烈搖晃五分鐘也可以。

……不，我錯了，三分鐘我就快吐了。

「小熊！」我驟然一聲大喊震住了小熊，也讓抓著我肩膀的兩隻手自動鬆開，「感謝不搖之恩，不然等等我吐了別怪我。」

「噫，妳好噁心！」小熊馬上跳離我三步遠，深怕我眞的製造噁爛現場給她看。

「妳不搖就沒事……」我拍拍胸口，「誰教妳搖那麼大力。別管這個了，妳現在感覺如何？有冷靜一點了嗎？有接受我的室友是個鬼了嗎？」

「我覺得我已經夠冷靜了……」小熊嘀咕，「我的好朋友居然跟一隻飄同居耶！等等，也就是說她是台北飄吧，那爲什麼她現在會……」

「呃，她也一起下來，度個假？」我用了不太確定的語氣。

小熊的臉色轉爲煞白，好半晌才又緩過來，「天啊，所以她跟我們一起坐車下來的，那她之前都是在……算了，妳還是別說好了，我一點也不想知道，眞的！」

我也沒打算鉅細靡遺地告訴小熊。

一旦接受了陳小姐的存在，小熊的情緒反而比之前都要穩定，畢竟身邊多了一名友軍，總歸是件好事。

既然小熊的狀態穩定了，我們終於可以把話題轉回眼下的狀況。

最先得討論的問題是……

「這地方到底怎麼回事？」我問著陳小姐，「竟然有辦法擋住妳，讓妳不得不破窗而入。」

「這裡不是我的地盤，實力不能好好發揮，但要飄起來和變透明還是可以的。」陳小姐似乎不高興自己被看低，板著臉糾正我的說法，但語氣依舊又輕又慢。

除了踩到她CP雷點之外，大概只有想傷害我，才會讓陳小姐萬年不變的表情和聲音出現變化吧。

「可以把這裡，當成這地區主人闢出來的空間。除非太陽出來，或者是地區主人願意放你們出去，否則都只能先待在這。」陳小姐說。

「啥，這地區？」我難掩錯愕，「不是這屋子？」

「是這個地區。」陳小姐強調，她伸出手握成拳頭，另一隻手在拳頭外畫了一個圈，「大概就是這樣的範圍，屋子只是其中的中心點而已。」

「聽起來那個飄的力量很大啊……她該不會是那條小路的大ＢＯＳＳ吧，因爲我們一進入那條小路的範圍就開始碰到鬼打牆了啊。」小熊哭喪著臉，忽然感到前途越來越無亮，「我們眞的有辦法出去嗎？」

「可以。」陳小姐點點頭，帶領我們兩個菜鳥往樓下走，半透明的手不忘拉著我，「一個是完成主人開出的條件，一個是等到天亮，還有一個是只帶我室友就能出去。」

「拜託請不要留下我！可是……對方會願意讓我們平安無事地等到天亮？」小熊小聲地問。

「會平安，但不會無事。」陳小姐言簡意賅地說。

小熊朝我投以求助的目光，她不太懂陳小姐這句話的意思。

我把我自己的猜想說出來，「總之對方會搞點事情出來，反正不會放我們順利撐過去，但不會有生命危險……對嗎？」

「嗯。」陳小姐用一個音節回覆。

聽到陳小姐這麼說，不管是我或小熊，都忍不住鬆了一口氣，沒生命危險就好。

「啊，靠！」我忽然叫了一聲，「我只跟我弟說今晚晚一點回去，早知道會碰到這種事，就跟他說今晚不回家了。」

「沒關係，我幫妳留訊息給他了。」陳小姐牽著我的手下樓梯，「在發現找不到妳的時候，我又回去一趟，開了妳的筆電，用 LINE 跟他說今天住同學家。」

幹得好，陳小姐，妳眞是值得信賴的好室友。

「其實，我本來想試試用口紅在鏡子上留下訊息的。」陳小姐突然語帶遺憾地說，「想寫個大大的 WAIT ME，再簽上妳的名字。」

……謝謝妳沒那麼做，不然我弟可能會覺得家裡有變態闖入。

「啊！」換小熊突然叫了一聲，她急急扯住我的手，指著二樓，「紅毛！」

「啊！」這次我也跟著一起叫了。

我們把要找紅毛這件事忘了！

一樓之前已經找過了，沒有紅毛的身影，所以他很大機率被藏在二樓。

我本來想叫小熊待著，我和陳小姐上去就好。

但小熊死抱著我不放，不肯自己一人被留在客廳。

「嚴格來說，還有其他人陪妳。」我抽回手，指著躺在地上的同學甲乙丙丁。

「昏迷的不算啦。」小熊堅決地說，「留下來，或者我跟妳走。」

陳小姐表示她自己上去就行，我們兩個乖乖在客廳等她回來就好。

陳小姐離開前忽然看著空中的某一點，扔下了一句話，「她們是我罩的，不准動。」

「眞帥氣啊……」小熊喃喃道，「要是妳室友不是鬼，感覺我都要彎了。」

我沒好氣地白了小熊一眼，「妳彎屁，那是我室友，要彎也是我……」

「喔喔喔？妳怎樣？」小熊的眼裡閃動著八卦的光芒。

「妳聽錯了。」我嘴硬地說，假裝什麼事也沒發生地和小熊走進客廳。

找到的四個人被我們擺在地板上，電視螢幕還閃動著黑底白字，讓人忍不住被吸引目光。

一、請在四點四十四分前找到鬼。

二、不能破壞屋內的東西。

三、猜猜鬼是誰。

四、四點四十四分前一定要回到客廳裡。

盯著電視上的那幾條規則，我猛然意識到先前疏忽的事情是什麼了。

如果只是單純要我們找出小金藏在哪裡，就不會增加第三條的規定。

鬼是誰。

誰是鬼。

鬼藏起了自己是鬼的身分……而我們必須指認出來。

換句話說，在猜猜鬼是誰的前提下……就是鬼混在屋子裡這些人當中！

問題是，會是誰？

大夥是一起從ＫＴＶ離開，半路陷入鬼打牆狀態，再一起進來這幢鬼屋。

我把這疑問告訴了小熊，小熊嚇得差點跳起來。

「什麼？鬼就是我們當中的某個人？那個金小姐還特地弄出分身嗎？可是……」小熊和我有同樣疑惑，「我們從聚餐就一直在一起吧，她那麼早就……等等。」

小熊瞪大眼，不敢置信地看著我，和我想到同一件事情上。

有兩個人不是一開始就跟我們在一起。

紅毛和楊咩咩是在續攤時才出現，他們倆還是一塊過來的。

「小蘇，妳還記得嗎？」小熊抽了一口氣，「紅毛說他今天就是從捷徑過來，該不會……」

「別漏了楊咩咩。」我提醒，「她沒騎車吧，又是跟紅毛一起到ＫＴＶ，所以她很可能是搭紅毛的車。」

「啊啊，也就是說紅毛跟楊咩咩都有嫌疑對吧……」小熊苦惱地抓著頭髮，「要是可以打電話到他們家就好了，就能知道今天誰沒出來，誰是阿飄小姐假扮的。可是假扮成某個人不會很容易被看破嗎？班上同學我可是記得一清二楚。」

像要證明自己的好記性，小熊逐一向我複述參與第二輪聚會同學的特點。

班長，同班三年都是班長的眼鏡男。

香草，國二時從外地轉來的，身邊總是有香香的味道。

紅毛，看了漫畫立志要當櫻木花道，國三偷偷染紅髮好幾次，差點被他爸吊起來打。

楊咩咩，頭髮鬈到像是會爆炸的高個子女生。

總統，國中時，只要是寫未來志向都一定填總統的肌肉男。

然後，我們後知後覺地察覺到一個不對勁之處。

有個人，我們完全想不起來她在國中做過什麼，對她的記憶點居然只有她現在的髮型。

那個人一路上幾乎都沒意見，但在進入捷徑前卻特別問過所有人的意願。

「啊！」我跟小熊同時大叫出聲，「楊咩咩！」

「猜～對～了～」有誰笑嘻嘻地說。

我和小熊反射性低下頭，看見躺在地上的鬈頭髮女生霍然張開眼睛，對我們露出詭異的笑容。

楊咩咩一邊對我們笑，一邊從地上爬起來。在站起的過程中，她的外貌出現變化，原本鬈得像是要爆炸的頭髮成了短髮，高個子縮水，就連身上的衣服也變了花樣。

只不過短短片刻，站在我們面前的人就變成了這間屋子的女主人。

「但是，猜對也沒用。」小金的笑容變得陰森，「妳們已經超過規定時間啦。」

「才沒有，明明還沒四點四十四分！」小熊一時忘了對鬼的害怕，氣急敗壞地與小金爭論，「時鐘現在才……」

小熊的反駁哽住了。

因爲那些時鐘的時針、分針忽然間都在快速前進，似乎有股看不見的力量在撥動它們。

時鐘上面的時間早就超過了四點四十四分。

「哪有這樣的！妳作弊！」小熊尖聲喊。

「妳們破壞規定就是破壞規定。」小金狡猾地說，「是妳們犯規了。」

「放屁！所謂的規定，本來就是拿來破壞用的！」我義正辭嚴地用更大的音量把小金的聲音蓋過去，「所以不須要遵守！」

小金似乎被我強硬的態度震懾住，一下子說不出話。

「真的假的？所以妳上班也會這樣做嗎？」小熊低聲問我。

我回了她一記「妳想太多」的眼神，聽也知道那話不過是拿來唬爛小金用的。

至於上班期間，我心裡敢想，但我嘴不敢說。

只可惜，小金沒被我成功唬住，很快就反應過來。

「隨妳們怎麼說，這裡是我的地盤，是我說了算！因此妳們必須接受處罰，來吧，所有人都得留下來！」小金大笑，臉龐上是掩不住的興奮和激動。

她揮舞著雙手，我和小熊登時感受到一股強烈吸力，把我們往她的方向拉扯。

「小蘇！」小熊緊抓著我，另一手死命巴著電視櫃不放。

我旁邊除了小熊沒東西可抓，眼看我們兩人就要被小金拉過去，別無他法之下，我只能使出壓箱絕招。

「陳、小、姐——」

伴隨我的放聲大叫，一道半透明的人影跟著從天而降。

那飄撇可靠的背影讓我心中彷彿有隻小鹿在跳。

陳小姐一手拎著昏過去的紅毛，一手高高揚起，二話不說就賞了小金一巴掌。

普通人打臉，可能是打得對方臉腫，嚴重點可能牙齒鬆脫掉落。

陳小姐打臉，是打得小金像顆球飛出去，撞上牆壁，把牆上的鐘都撞得乒乒乓乓、乒乓、砸落下來。

「就說她是我罩的，聽不懂鬼話嗎！」陳小姐的怒吼迴盪在別墅裡，美麗的一張臉就算變猙獰了還是很美麗，「誰都不准動我室友！誰都不准！」

慘了，我感覺心中小鹿不只在跳，還瘋狂地拿腦袋去撞，害得我心臟像是要撞出胸膛。

小金被這一掌搧得七葷八素，好半晌才捂著臉從地上爬起。

「爲什麼？」小金不敢置信地問，「爲什麼妳力量可以比我強？這裡明明是我的地盤！」

陳小姐不屑地冷笑一聲，隨手把紅毛扔到一邊。

「看好了，這是我的地盤！」陳小姐將我拉過去，擲地有聲地說道：「我地盤在這，當然能發揮力量。更別說我實力本來就比妳強了，弱雞！」

我表情茫然，因爲我眞的不曉得陳小姐在說什麼。

倒是小熊戳戳我，「小蘇，妳背後，妳後面有……我直接拍給妳看好了。」

小熊拿手機往我背後拍張照再遞給我看，我心中的小鹿瞬間一頭撞死了。

我衣服背面，不知道什麼時候被疑似口紅的顏料寫了一排大字。

MY地盤。

旁邊附加龍飛鳳舞的一個簽名，我只看得懂第一個字是陳。

很好，凶手是誰不言而喻。

「哪有這樣的？作弊！犯規！」小金憤憤不平地尖叫，「人怎麼可以當地盤？地基主明明要在自己領土內才能發揮最大力量！」

「呵。」陳小姐繼續冷笑，「因、爲、愛。」

我好像聽到了很驚人的三個字。

不是因爲愛。

是地基主。

「陳小姐妳不是鬼嗎！」我震驚地喊了出來。

我還記得陳小姐身分證影本上的年紀跟我差不多，怎麼突然就從鬼變地基主了？

「第一任住在屋裡，但沒人祭祀的孤魂可以是地基主。屋子土地的靈也可以是地基主，妳猜我是哪一種？」

我猜不出來，但我猜陳小姐是想回去後被我斷網兼斷CP糧了。

「同居那麼久，竟然連眞正身分都瞞著我！」

「我沒有瞞妳，其實當初妳拿三根香菸拜我的時候，就把我們連接在一起了。」陳小姐似乎看出我的氣憤，立刻輕聲細語地爲自己澄清，絲毫沒了方才在小金面前的凶狠，「本質上我還是個鬼沒錯，我最多……」

「最多怎樣？」我斜挑起眉，心中怒意已消散不少。

陳小姐微妙地停頓數秒，在我犀利的目光下還是不甘願地吐出答案。

「最多……只是謊報年齡而已。」

暫且不論陳小姐實際上大我幾歲，現在的重點是小金。

面對形勢比人弱，陳小姐拳頭比她大，小金終於如實交代了自己的來歷。

她也是地基主，我們現在待的屋子就是她「誕生」的家。隨著時間流逝，力量增強，領域擴大，那條小路便成了她的管轄範圍。

有她坐鎮，那條小路雖然陰陰的，但那裡的阿飄不至於危害人，最多是嚇嚇人。

小金熱愛恐怖片，每個禮拜都會爲自己準備一個恐怖片之夜。

但久了覺得恐怖片之夜太單調，應該多點變化。

剛好紅毛這天從捷徑騎車過來的時候不小心犁田，是小金扶了他一把，順便化身成楊咩咩，跟著他過來一起參加我們的續攤，並且混淆了我們的記憶。

小金相中了我們這群人，決定讓我們成爲她的看片前娛樂活動。

當然，負責活動的是我們，享受娛樂的是她。

被陳小姐教訓過的小金哭得一把鼻涕、一把眼淚，無比委屈地說：

「我只是想找人陪我玩個遊戲，玩完後再陪我一起看奪◯鋸最新一集，我又沒有傷人的意思⋯⋯」

我知道那集，不久前才和陳小姐一起在串流平台上看完。

「隔了四年才有新續集，我一直很期⋯⋯」

「喔，那集的凶手是×××。」

不等小金把話說完，陳小姐冷酷無情地直接暴了劇情的雷。

我連阻止都來不及。

於是撕心裂肺的哭聲響徹了整幢別墅。

最後除了我以外，小金抹去了其他人碰上鬼打牆與被關在鬼屋裡的記憶。

小熊本來可以保留的，但她堅持她不想記得這麼恐怖的一晚，有時候當個不知情的人比較幸福。

我是沒差，最多晚點再跟小熊重新介紹一次陳小姐。

沒了小金的特意搗亂，一切都恢復正常，包括空間跟時間。

我們以爲在這裡耗很久了，其實只過去十幾分鐘。

慘遭劇情暴雷的小金完全不想目送我們離開，她一揮手，所有人自動回到機車上。

大家像是猛然回過神，沒人記得曾經有過楊咩咩這個人。

我依舊是給班長載，不一樣的地方在於我背後多趴了一位恢復原本體型的陳小姐。

我和陳小姐回到家已經快天亮了。老家鐵捲門早就鎖上，還好我身上有鑰匙可以打開，不然就只能叫陳小姐先穿過去幫我開鎖了。

這種時間點我要是敢打電話吵醒我弟，等著我的只會是恐怖的起床氣和加倍的毒舌攻擊。

聽到鐵捲門傳出開鎖的聲響，我蹲下身，正打算使勁把鐵捲門拉起，門卻自動先升上去了。

喔，不是自動，是人美心善的陳小姐幫我開門的。

「太感謝了……」我搖搖晃晃地走進去，要是前面出現一張床，我就會往前倒下去。

既然天都要亮了，我也懶得再叫陳小姐把鐵捲門拉下來。反正這地方住的都是老鄰居，過不久就會有不少早起的老人出來運動，不用擔心誰闖入。

我弟當然還在睡。

我小聲地走上樓梯，回到自個兒房間。

「累爆了……」一進入房內，我就把自己扔到床鋪上，也不管身上衣服沒換下，澡沒洗，臉也沒洗。

現在只要沒人來吵我，我可以三秒後就呼呼大睡。

然後我真的徹底睡死過去了。

大家晚安。

尾聲

小金事件結束後，接下來在老家的幾天，陳小姐不再頻繁地黏著我外出。根據她的說法，她帶來的本本那麼多，要抓緊時間看完才可以。

糾正一下，明明是我在不知情的情況下，被迫扛那麼多東西回來的。

我和國中同學本就沒什麼聯絡，就算同學會結束，就算那一夜一起經歷了那場無妄之災也還是如此。

小金的洗腦……呸，說錯了。小金抹消記憶抹得很徹底，不論是班長、紅毛、香草、總統，甚至是小熊，沒人記得那晚發生的事，自然連小金這位地基主也不記得了。

要說哪裡改變了，大概就是我弟晚上去買宵夜，如果從那條小路抄近路，很少會再見到不可思議的景象了。

我猜是小金給的面子，要徘徊在那條小路上的阿飄別嚇到我家的人。

假期很快結束，我又得回台北繼續當我可憐的社畜。

回到老公寓第一天，我沒發覺哪裡不對。

回到老公寓第二天，我終於發現陳小姐不見了。

不是那種平時藏起來，不知道是在看小黃書或上網刷糧吃的那種不見，而是眞的，不在我住的頂加套房裡面了。

我莫名有點火大。

老娘爲了妳賺錢養家繳網路費繳妳刷卡買本的信用卡費，妳就突然給我鬧失蹤？

基於陳小姐自曝身分是地基主，我不認爲她會離開這棟老公寓。

要抓鬼，也得要有力氣。

我狼吞虎嚥地把從超商買回來的加熱便當吃完，再灌完一罐啤酒，開始一層樓一層樓地下去找。

我從五樓找到一樓，再從一樓找到五樓，喘得跟條狗一樣，卻依舊找了個寂寞。

根本連條鬼影都沒有。

工作一整天已經夠累了，剛剛爬樓梯還超出我的運動量。

各種怒氣、不滿、委屈累積起來，我的情緒終於像火山爆發。

「陳！小！姐——」

我站在樓梯口，發出的怒吼絕對可以響徹整棟樓。

「妳要是三秒內不出現，我就——斷妳網路斷妳糧，還要斷掉我們的室友關係！我說眞的！我數到三！一——」

「二」都還沒從我口中跑出來，一道半透明人影瞬間出現在我面前。

陳小姐依舊長髮飄飄、仙氣飄飄，但哀愁的臉色活像是看本看到最後才發現自己被作者逆了CP。

我從樓梯間瞄見那些方才找不到的鄰居們此刻都悄悄探出頭。

我冷哼一聲，朝陳小姐勾勾手指。

陳小姐乖乖地跟我回到套房內。

既然鬼找到了，我很乾脆地把自己扔到床鋪上。

「我今天沒力氣了，不想管妳爲什麼要跟我玩躲貓貓。但妳要是敢再鬧失蹤，我們明天就走著瞧。」我對著陳小姐撂下狠話，「給我乖乖地待在這，懂嗎？」

「但是……」陳小姐終於開口。

「幫我一個忙。」我打斷陳小姐的話，「我快撐不住了，幫我卸妝順便換個衣服，我累爆了，都是妳害的。」

「不行。」陳小姐就算說話還是細聲細氣的，語氣卻格外堅定，「妳會被我看光。」

看光就看光，講得她好像以前沒看過……

「等等，妳以前有看過我換衣服嗎？」

「當然沒有，好室友會尊重彼此的隱私。」陳小姐一臉被侮辱的表情。

「那我現在不介意……除非妳覺得妳很介意。」

「就是因爲不介意還很樂意才不行。」陳小姐眉頭蹙起，「這樣等於我佔妳便宜、吃妳豆腐。」

豆腐本身都不介意被人吃了，眞不曉得陳小姐是在在意……

我本來幾乎都半昏迷了，但一個驚人的猜想倏地如雷電劈入，讓我猛然睜大眼睛。

同性友人才不會糾結吃不吃豆腐這件事，換句話說……

欸欸欸欸？不是吧！不會吧！是那個可能性嗎？

是那個會足以讓我狂喜到衝下樓跑個三圈的可能性嗎？

咳，說太快了，我的破體力才沒辦法跑三圈，我在內心裡跑圈就可以了。

陳小姐的眼神微微閃避一下，接著就像要轉移話題地說起另一件事。

「之前在妳老家附近的那棟屋子，妳有察覺到我的變化了吧。」

只要眼睛沒瞎，是人都看得出來妳從大變小了。

「因爲是在別人地盤裡，我的力量會不穩，外表也會受到影響，出現一些改變。」

喔，怪不得她在小金的屋子裡會突然從熟女變成幼女……啊呸，是女高中生才對。

陳小姐神情難得嚴肅，「妳當時看了我好多次，我計算過了，妳平常一天可能看我三十次以上，可是那天起碼超過五十次。」

這種事妳居然還計算啊。

陳小姐繼續義正辭嚴，「根據我嚴謹的推算，妳——肯定是更喜歡女高中生！」

我眞慶幸我沒在喝水或喝任何東西，不然肯定一口噴出來。

啥啥啥？誰喜歡女高中生！我不是我沒有，少污衊我！

「在這裡我變不出妳喜歡的樣子，長期失望下妳可能會嫌棄我人老珠黃，所以從今晚開始我決定正式搬到樓下，讓距離拉出美感。雖然不能當室友了，但就算這樣，妳的事還是最優先。因爲妳比本子，比我追的CP都還要重要。」

「給我慢著！我哪時嫌棄妳人老珠黃了？既然是受外力影響，不定期會變身，這不就跟開驚喜箱的概念一樣嗎？熟女、幼女、少女任我選擇？誰不喜歡這樣的女朋友？」我想也不想地脫口而出。

陳小姐眼睛亮起。

猛然意會到自己說了什麼，我緊緊捂住嘴巴，看天看地就是不敢看陳小姐。

「再說一次。」陳小姐瞬也不瞬地盯著我。

我的嘴巴像被黏了膠水，怎樣也沒辦法重複剛才說的話。

陳小姐垂下眼，但還是被我捕捉到裡頭的一縷失望。

情急之下，我伸手抓住她的手腕，看見她的眼裡重新有了星星。

「我承認，我對妳好像、好像……好像也有那麼……」我板著臉，彆扭地說道，「妳知道的吧。」

不能怪我說話呑呑吐吐，我單身歲月就跟出生年齡一樣大，能把話誠實地擠出來就很了不起了。

陳小姐眼含期待地看著我。

「我們也許可以試試……」我像條金魚張合嘴巴多次，「交往」兩字就是哽在嘴邊。

但陳小姐似乎已經領悟到我要說什麼了，眼睛再次一亮。

房間裡的燈光開始閃閃滅滅，桌上擺的杯子也跟著無故震動，久違的騷靈現象再度出現。

陳小姐身上冒出藍白色電光，電流一閃晃，沒有亂竄破壞我房間的家電，倒是形成白光在她前方一閃。

我差點被自己的口水噎到，我這是在看魔法少女變身嗎？現在情況到底是三小？

陳小姐妳的仙氣飄飄白洋裝爲什麼變成了婚紗？而且爲什麼還有結婚進行曲成爲背景音樂在我們周圍響起！

「我是說交往看看啊！」人只要一氣急了，哽在嘴裡的話就會很順暢地滑出來，順便還會滑出一些髒話，「妳他媽的也省略過多步驟了！」

「我才沒省略太多。」陳小姐說話還是輕輕幽幽的，不過她身上服裝又變了模樣，不是變回白洋裝，是直接變成了白西裝，「妳不喜歡婚紗，那西裝呢？」

婚紗西裝都有了，這還不叫省略太多？

我抓過一旁的杯子喝水降降火，但我翻的白眼很清楚地傳達出我的吐槽。

「眞的沒有。」陳小姐又換回平常洋裝，委屈地爲自己辯解，「不然早該替妳選好墓地，我們一起……」

「停！」我大喊一聲，用嚴厲的眼神和語氣表示接下來的話一點也不想知道。

一、點、也、不、想。

「那妳想不想知道，我變成其他年齡版會怎樣？」

嗯……

嗯……

嗯……

這絕對不是在故意騙行數，這是爲了用力強調我的猶豫和心動，畢竟說不想知道肯定是騙人的。

陳小姐微微一笑，軀體在下一刹那間變了模樣。

還是長髮飄飄、仙氣飄飄，但臉孔比現在更爲成熟冷艷，就像即將熟透的水蜜桃，散發出甜膩勾人的香氣。

不用說，就連身材也變得更前凸後翹，豐胸細腰大長腿。

我都不知道，原來阿飄過發育年紀後，還能二度發育啊。

這也發育得太好了吧，如今彎成蚊香的我的鼻血都快流下來。

陳小姐對我笑了笑，在我被這位新上任的女朋友迷得暈頭轉向之際，她猝不及防握住我的手，往她的胸前一碰。

我愣了愣，再愣了愣，然後震驚地倒抽口氣。在一張臉漲成番茄色之前，我的手很不聽話地忍不住捏了捏。

在被陳小姐撲上來親住之前，我心裡只有一個感想。

陳小姐的網路暱稱果然不是白取的。

眞不愧是……我掏出來比誰都大啊！

《我的室友陳小姐，是個鬼》完

Short Story Collection 短篇集

陳小姐與我

我和陳小姐交往了。

和陳小姐交往的第一天，非常值得慶祝。

陳小姐特地凝出實體，摸得到、抱得到，當然也可以親得到的那種。

至於比親更進一步的部分？

也可以，不過交往第一天就到本壘這種事情，從來不在我的計畫內。

陳小姐也許有，但我會讓她沒有。

不管做人做鬼，按部就班、循序漸進才是最好的，懂嗎？

所以我們決定一起在床上……看小黃書。

陳小姐看她的，我看我的，畢竟我們不管嗑哪組CP都走在互逆的道路上。

與平常不一樣的是，我是窩在陳小姐懷抱中看的。

夏天的陳小姐，冰涼、低溫，還香香的，簡直就是最優秀的人形冷氣。

我們倆就這樣度過了健康又健全的一天。

等到夜深人靜了，自然也要抱在一起睡覺。

我是指靜態的那種，動態的要放眼未來。

感受著陳小姐冰冰涼涼的身體，聞著她香香的味道，我感覺從今天開始，

我不再是以前的那個我了。

沒錯，我現在可是一個有女朋友的人了。

我翻了一個身，從背對陳小姐變成面向陳小姐。

爲了縮短彼此間的距離，我乾脆將臉往她胸前一埋。

然後一分鐘不到我就決定再轉身了。

……要命，差點因爲埋胸悶死。

我的好朋友小熊

小熊。

這個暱稱聽起來可可愛愛，小熊本人實際上也長得可可愛愛。

小熊是我國中同學，也是知道我有陰陽眼的親友之一。

經歷一波三折的搬家後，小熊終於也在台北租到了房子，和我一樣成爲了苦命的社畜一枚。

說錯了，小熊還沒踏入這行列，她現在是個自由工作者，也就是所謂的SOHO族。

小熊有時會跑來我們公司，帶著愛心宵夜過來，看在這點的份上，我就原諒她不加入社畜家族了。

今天週六加班，小熊也拎著摩斯過來，薯條香氣瞬間引起一陣民怨。

而獲得愛心餐的我就是本日贏家，愉悅。

但再怎麼愉悅，我也不敢在一群眼冒綠光的同事面前吃，我和小熊很自動地關進了沒人用的小會議室裡。

我吃著雞塊、薯條，小熊則鄭重無比地掏出她的手機。

「我覺得你們這裡今天應該是個風水寶地。」小熊堅定地說，「我的直覺告訴我，我要來這……抽卡！」

好喔。小熊不是個迷信的人，但一碰到遊戲抽卡就變得很迷信，特別相信玄學這回事。

例如抽卡要在半夜十二點後抽，或是蹲廁所時抽；或是擺出一個祭壇，把想抽的角色喜歡的東西擺一擺。

我可以理解，因爲我也會這樣幹。

都怪小熊，是她把我拉入遊戲坑，從此踏上花錢爲女兒抽老公的不歸路。

喔，我是說我的遊戲女兒。我還沒生，跟陳小姐……隔著生死間距，大概也生不出來。

而課金這種事，只有零次與無數次。

很不幸地，我就是踏上無數次的那位。

至於玄學這檔事，都帶了一個「玄」字，那麼結果自然而然總是很玄。

例如小熊現在的哀號，就說明她抽卡翻車了。

想要的角一隻都沒來，來的全是價值性低，還已經有的角色。

讓我們爲小熊默哀。

我繼續愉快地吃著摩斯，小熊有氣無力地趴在桌上，她堅稱她現在是隻死熊了，起碼十分鐘內都再起不能。

十分鐘後，小熊宣布她又是一隻活熊了。

「抽不到算什麼，那一定是金錢的信仰力不夠啊！」

「是是是，那錢包很厚的小熊大人，能不能順便養我一下？」我喝了口可樂，朝小熊拋了個媚眼。

小熊回了白眼，「想太多，欸，妳工作到底什麼時候會做完，我在等妳啊。」

「我也在等。」我滄桑地說。

「等什麼？」小熊滿頭問號。

「等明天的我完成。」我一臉嚴肅地說，換來小熊的特大號白眼，幾乎要翻到後腦勺去了。

「開玩笑的。」我聳聳肩膀，開始收拾桌上垃圾，「反正明天的我也不會完成，禮拜日當然是靡爛度過啊。差不多可以了，妳再等我十五分鐘……是說妳等我要幹嘛？」

小熊差點沒撲上來掐著我的脖子，「我就知道，妳、又、忘、記、了！」

我馬上舉起雙手投降，「不小心的、不小心的，妳直接跟我說吧。」

「阿哲啦。」小熊說了一個人名，然而我還是一頭霧水。

不能怪我，宅宅的人際關係網很小的。

小熊大嘆一口氣，「我們的國中同學……算了，我知道妳估計也不記得人家全名叫什麼。他在台北買了新房，邀請我們跟其他人過去參觀啦。」

這下子我總算有點記憶，似乎是有這麼一回事。

不過人家肯定是邀小熊，我是被小熊拉去湊人頭的那一個。

「我不去也沒關係吧。」

「不不不，妳一定要陪我去！妳去我就請妳吃牛排！放心，不是夜市牛排的那種！」小熊豪氣萬分地拍拍胸。

「好的金主爸爸，沒問題的金主爸爸。」我果斷為牛排折了腰。

阿哲的新家離我們公司有點距離，好在搭捷運再轉個站就能到達。

我問起小熊非要我去不可的理由。

小熊瞄瞄周圍，壓低音量，「我是聽別人講的啦，是不是真的不知道……就阿哲買的那個房子，好像曾經有人自殺……凶宅的價格便宜，才會讓阿哲這麼快就買到手。我怕那裡真的會有……阿飄啦。」

了解，簡單來說我就是陪小熊壯膽，順便確認到底是不是真的有飄存在。

「要是有的話怎麼辦？」

「當然是奪門而出啊。」

聽見小熊這麼回答我，我再次明智地決定，打死都不跟她說我住的老公寓其實有八隻飄。

都可以湊兩桌麻將了呢。

看著面前新落成的大樓，我的內心如同塞了十顆檸檬，酸得我都要嫉妒死了。

跟阿哲住的地方一比，我的老公寓簡直破舊得和鬼屋沒兩樣。

雖然它的確是貨眞價實的鬼屋沒錯。

和管理員說了一聲，我跟小熊順利進入大樓內，搭乘電梯直達阿哲新買的十一樓公寓。

十一樓是一層兩戶，阿哲住的是左邊那側，大門敞開，熱鬧人聲源源不絕地從裡面流瀉出來。

還有人就站在門口處，表情開心，手上拿著一杯咖啡。

那人一看到我們從電梯出來，立刻露出了更大笑容，「小熊好久不見啊，還是那麼可愛。旁邊這位是……」

「她是小蘇啊。」小熊笑咪咪地說。

「喔喔喔，是蘇同學呀！好久不見了！」

看得出來阿哲很努力裝作想起來的樣子，但其實我不姓蘇，只是暱稱叫小蘇。

不過也沒關係，我也記不得這位阿哲同學到底是哪一位。

阿哲熱情地招呼我們進去，要我們別客氣，桌上的飲料、零食都可以隨意拿。

小熊抓著我的衣角，不敢走第一，看樣子凶宅傳聞在她心裡還是留下了一道陰影。

幸好她還不曉得我那有八隻鬼，我的女朋友更不是活的，否則大概五十道陰影不只了。

進入屋內不用脫鞋，客廳裡或坐或站的人大約有十個，一部分人見到小熊紛紛愉快地打招呼。

我猜那應該就是我們的國中同學。

毫不意外地，他們在見到我時則像唱片跳了針，最後都含糊地以「妳好」來帶過。

我也樂得只點頭回應，邊緣人的好處就在這，不用浪費時間交際。

客廳看起來跟我的公寓一樣大，眞是讓人羨慕嫉妒恨。

小熊從桌上挑了兩杯咖啡，一杯塞我手裡，選的還是我愛的玫瑰蜜香拿鐵。

看在咖啡好喝的份上，我願意陪小熊在這多待十分鐘。

超過十分鐘就不行了，我實在不喜歡人過多的場合。

尤其是這地方，人眞的……太多了。

「如何，有嗎？」小熊和我湊在一起，和我竊竊私語，「有看到那個嗎？」

我左右張望了一下，決定委婉地說，起碼別讓小熊直接奪門而出，「一個的話，沒看到。」

看到小熊一副如釋重負的模樣，我就知道她沒聽出我的言下之意。

小熊是在快喝完咖啡時才反應過來，她猛地扭頭看向我，瘋狂地拍打我的手臂。

「妳是那個意思嗎？拜託告訴我不是那個意思！」小熊用氣聲說。

我看下牆上時鐘，剛好十分鐘也到了，差不多也到我極限了。

我默默地退出屋子外，沒忘記把小熊也往外拉。

「到底是怎樣啦！」小熊慌得聲音都快分岔了。

「太多人了……」我吐出一口氣，「待不住了。」

「是挺多的，沒想到阿哲邀了那麼多親友來……等等，重點是這個嗎？妳剛說一個的話沒看到……」小熊音量壓得更低，畢竟這種話在人家剛買新房時被聽到實在不太好，「意思是，不不不不只一個？」

小熊聲音不僅分岔了，還抖得像波浪線。

我沒有多解釋，乾脆用行動說明一切。

我拿出手機，點開了相機ＡＰＰ，選了裡面的特效功能。

可以讓畫面中的人物頭頂出現兔耳朵的那種——偶爾我跟陳小姐拍照時也會裝個可愛。

我舉起手機，對著屋內客廳慢慢環繞一圈。

小熊好奇地湊上前，然後可愛的臉蛋唰地轉爲蒼白，驚恐染上了她的眼。

「可能是一起來這開趴的吧。」我安撫著小熊，「都沒啥惡意，就是數量多一點。」

「這哪是一點……分明是億點吧！」小熊差點尖叫。

透過我的手機鏡頭，可以看見一雙雙的兔耳朵將螢幕塞得滿滿。

遠遠超過屋內人的數量。

真正的「人」滿爲患。

我的好同事張姊

張姊是我同事。

她會被公司內的人叫「姊」，並不是年紀有多大，主要是因爲資歷深，是老闆創業時就在的元老級員工。

張姊爲人直爽，長得漂亮，我剛進來時相當照顧我，帶著我度過了兵荒馬亂的菜鳥期。

也是知道我有陰陽眼的親友之一。

張姊三不五時會拉我去喝酒，有時也會來我家喝，但絕不會待超過九點。

身爲本地人的張姊知道我住的老公寓究竟有多驚人。

當初還是她告訴我，我才知道樓下原來有那麼多「鄰居」。

會提到張姊，是因爲要分享一件成熟大人會做的事。

身爲一個成熟的社會人士，就該有成熟、健全的夜生活。

注意，是夜生活。

不是性生活。

性生活我也是有的，須要打碼，不會拿出來跟人說的那種。

扯遠了。

於是成熟的我，今晚就跟成熟的同事們，一起到ＫＴＶ展開了成熟又健全的夜生活。

俗稱，夜唱。

唱歌自然不是我的首要目標，來ＫＴＶ當然是爲了進攻它的自助吧啊。

吃才是最重要的！

張姊恨鐵不成鋼地看了我一眼，接下來就不管我了。她一個箭步衝到點歌機之前，搶在眾男士和女士之前，成爲第一個點了一排歌的贏家。

其他同事們會輸也不是沒理由的。

誰讓張姊的腿特別長呢。

超過一八〇的身高加上高跟鞋，讓張姊輕易跨越點歌機與她的距離。

不過張姊也不是那種會佔著不放的麥霸，唱完自己的歌單之後，也開始進攻自助吧的點心和炸物。

張姊端著一盤食物坐到我身邊，邊吃邊興致勃勃地跟我說起這間ＫＴＶ原本是另一個名字，很多年前曾發生火災，還有人命喪火窟。

後來換人經營後，整個店面打掉重建，防火設備也力求盡善盡美，就怕當年憾事重演，但還是聽說有人會在這裡見到死去的服務生或客人。

姑且不論在一個死亡事故現場說起死亡事件……

我現在只想知道一件事。

在一分鐘之內，我要知道這間ＫＴＶ究竟有沒有在西寧區裡面！

忘了說，西寧區就是我現在住的公寓所在區域。

「對啊。」張姊爲自己倒了一杯可樂，「這裡剛好是西寧區邊緣地帶，再走幾步就是西橋區了。」

在西寧區，還有鬧鬼傳聞……

一聽完張姊這麼說，我不禁心頭一緊，頓覺事情不妙。

叩、叩。

突如其來的敲門聲讓包廂眾人下意識轉頭，角落的門扇被打開，一名眉清目秀的男服務生送來一手啤酒，還特地對我笑了笑。

「這是招待用的……還有，陳小姐在等妳回家。」

服務生聲音不大，後面那句說得更是小聲。

一旁的張姊正驚喜地看著那手免費啤酒，注意力全被吸引，顯然沒聽到後半句。

服務生說完話就轉身離去，他沒忘記關上門，還給大家唱歌的空間。

一票同事們又投入唱歌大業，唱嗨的他們沒覺得哪裡不對勁。

只有張姊忽地臉色大變，死死抓著我的手，目光緊盯服務生離去的方向。

「小蘇，那個服務生剛是不是從廁所出來……又從廁所進去？」

答案都是，是的、是的。

但我不想解釋。

我只想哀嘆。

論有個西寧區地頭蛇厲鬼女朋友究竟是什麼滋味？

我的夜生活在對我揮手遠去了。

媽的，只好回去過性生活了。

我的機掰人弟弟

我弟，是個機掰人。

有時我更喜歡用台語發音，叫他機掰郎。

而不管是國語還台語，總之他只要一張嘴，就毒舌刻薄得不是人。

例如上次我中標流感，又剛好回老家。

我弟第一句話就是：「妳不要跟我說話，現在立刻回妳房間把妳自己隔離起來，不要危害世人。」

聽聽，這是人說的話嗎？

不求嘘寒問暖，但好歹關心一下他姊的身體吧。

雖然老是不肯當個人，但我弟偶爾還是有些優點的。

嗯，偶爾。

像是我剛好回老家，他女朋友也剛好一起來過夜的時候，他就會主動幫我買宵夜。

由他請客，免錢。

有了免費雞排的撫慰，我暫時遺忘了陳小姐不在身邊的孤單寂寞冷。

我爸媽他們早早就睡了，客廳被我霸佔，我咬著雞排，看著綜藝節目，不時哈哈大笑。

我弟突然晃了過來，「姊，妳應該沒有化妝棉這種東西吧。」

「你這問法是什麼意思？」我雞排不咬了，斜眼看著我弟，「幹嘛一副篤定我不化妝的語氣，那你還過來問屁啊？」

「幫我女朋友問的，所以妳是有還是沒有？」我弟給了我一副不耐煩的嘴臉。

這時候不管說有還是沒有，都覺得我弟機掰又討厭。

但我弟的女朋友是無辜的，人家又乖又美，還會叫姊姊。

看在她的份上，我回房間裡拿了幾片出來，不客氣地塞到我弟手中。

「拿去啦，豬頭。」

「原來妳還眞的有化妝喔！」我弟大驚小怪地嚷，「確定不省點錢嗎？反正看起來也沒差。」

啊啊啊啊，我要宰了我弟這個機掰人！

類似的機掰事件當然不只一樁，那可是我弟耶。

這天我弟有事來台北，爲了省旅館錢，就過來我這湊合一晚。

我只有一間房，當然叫他睡沙發。

然後隨時會展現機掰個性的我弟看著那沙發，對我說：

「姊，不愧是妳，連沙發都要那麼大一張，不過這尺寸妳確定妳塞得進去？」

我感覺我的拳頭封印蠢蠢欲動，即將解開。

沒成功解開的原因是，我也打不過我弟。

既然來我這蹭住了，那麼使喚他也是理所當然的吧。

不給錢，總要付出肉體啊。

「喂，幫我洗碗。」我對站在垃圾桶前剝水煮蛋的人影喊了一聲。

「妳怎麼會以爲……」我弟看也不看我一眼，繼續慢吞吞地剝著蛋殼，「我會幫妳洗碗？」

「嘖，作夢一下都不行嗎？」我毫不意外他的答案，反正我也只是嘴巴喊喊，早知道他不可能幫我洗了，「沒聽過有夢最美嗎？」

「醒醒，希望不會相隨。」我弟咬下一口水煮蛋。

我不冀望他了，把目光投向了飄在我弟旁邊研究他的陳小姐。

察覺到我的視線，陳小姐眨眨眼，揚起手中的小黃書，然後若無其事地飄回房間內，用行動向我表明看書吃肉更重要。

好的，別說希望了，就連女朋友都不會相隨嘛。

又是我弟

碰上端午連假，連六、日一次休三天，再加上我自己請了一天特休。

四天假日，該是回老家當女兒賊偷菜帶到台北租屋的時候了。

換句話說，又是面對我弟那個機掰人的時候了。

我有個弟弟，以其他人的評價來說是人帥學歷好，工作也不錯，還有個正妹女朋友。

簡直可以貼上人生贏家的標籤。

會這樣覺得的人，肯定是沒經過他的毒舌洗禮。

他閉嘴的時候像個人，張嘴的時候簡直不是人。

一聽到我要回老家四天，我的女友堅持也想當我的隨身行李。

難得陳小姐不想宅在老公寓，身為女友的我當然該給予支持。

事實上我也阻止不了她巴在我肩上當個背後靈。

歷經漫長的大塞車，我和陳小姐總算回到了我老家。

家裡沒啥變化，除了客廳多了一台室內腳踏車。

根據我弟說，是我媽新買的，想要健身一下。

想想自己不是待在公司就是宅在家，腰間贅肉不知不覺在增加，我踏上腳踏車，奮力地踩動踏板。

我弟正巧洗完澡出來，他看看我，再看看腳踏車，最後目光回到我身上。

他一臉嚴肅，對我的靈魂拷問，「妳有在騎嗎？妳的腳有踏在踏板上嗎？」

沒禮貌，老娘的雙腿明明那麼努力動，就只是慢了點，而且我的腿一點也不短！

站在旁邊的陳小姐憐惜地摸摸我的臉，「就算妳腿短，我也不會嫌棄妳，有我負責腿長就夠了。」

謝謝，但一點也沒被安慰到，甚至很想豎起一根中指。

我弟打劫了雪糕

我弟又來蹭住了。

每次來台北出差，他爲了省住宿費，都會乾脆到我租的老公寓擠擠。的確是擠，他負責擠在沙發上。

沒辦法，雖然我住的是老公寓，但實際上只租了頂加的五樓，房間僅有一間。

我弟比我小三歲，長得一表人才，別人眼中的人生贏家，我眼中的機掰人。

他閉嘴一切都很美好，張嘴就……

總之他何必多長那張嘴呢？

抱怨歸抱怨，我還是讓我弟佔據客廳沙發兩天。

他熟門熟路地摸到冰箱前，直接打開冷凍庫，「草莓口味的可以吃吧，我拿走了。」

草莓？什麼草莓？

我愣了幾秒，才反應過來他盯上了我前幾天買的哈○達斯雪糕。買三送三，走過路過當然不會錯過。

「草莓？等等，草莓是我室友的……」爲了阻止我弟的魔掌，我竟一不小心把室友的存在暴露出來。

「……妳室友？」我弟果然停下手，轉過身看著我。

我連忙想著要怎麼糊弄過去，畢竟我弟知道這地方除了我之外，壓根沒有其他房客。

他不知道的是，如果是那種不用呼吸、沒有溫度也沒有心跳的房客，這裡眞的住著一個。

只是她現在不在家。

不過現在的重點不是不在家的陳小姐，而是我弟的目光如探照燈落在我臉上。

就在我以為我弟要猜出什麼時，他忽然點點頭，「現在跟妳住的是我，我就是妳室友，所以冰是我的。」

好喔，邏輯給他滿分。

於是我只能眼睜睜看著陳小姐的哈◯達斯草莓雪糕落入我弟手中。

我弟咬著冰大搖大擺地回到客廳。

換我打開冰箱，查看看裡面還剩下哪幾種口味。

當我看到沒做上記號的草莓雪糕還躺在冷凍庫裡的時候，已經來不及了。

我扭過頭，看見我弟吃冰的表情漸漸扭曲。

「幹！這什麼冰？為什麼完全沒味？吃起來也太空虛了吧，妳確定這沒壞嗎？」我弟果然大聲抱怨了。

我默默送了一枚白眼給他。

首先，那冰是我買的，錢是我花的，吃我冰的人還好意思在那嫌屁。

不過看在我弟一副想把冰棒扔掉，又礙於價格昂貴扔不下手的份上，我還是把那些吐槽吞了回去。

做記號的那支，是點香給陳小姐吃過的，我只是忘記拿去清掉。

而鬼吃過的食物，味道全都會被吸個精光。

所以吃起來確實是，眞．空虛。

總之我弟就是吃了個寂寞吧。

小熊的求救

「小蘇！」

小熊打電話過來的時候，聲音聽起來都快哭了。

一聽就知道事情可能不妙。

身爲感天動地世紀好朋友，我二話不說就衝往她家。

主要是小熊下禮拜還要請我吃火鍋，金主要是出啥問題，那我火鍋也就掰掰了。

小熊的新家在我公司附近，位在小公寓的六樓。

最重要的是，有電梯！

哪像我住的地方，每天來回上下樓，喘得我都像一條狗。

小熊就在一樓大門等著我，看上去蒼白又虛弱，是隻可憐兮兮的病熊。

「怎麼回事？」我大吃一驚，想到前天看到她時明明活蹦亂跳，還在宣揚她的新老公有多帥多帥。

遊戲裡的老公。

小熊一瞧見我來，簡直像看到失散多年的親人，恨不得激動地撲到我身上。

我趕緊伸手擋住小熊，否則被她那一壓，本來就不大的胸恐怕都要平了。

「妳怎麼回事？生病了？看起來也太慘了吧……有沒有去看醫生？」我喋喋不休地甩出一堆問題。

「不是，我也不曉得怎麼搞的……」小熊確定四下無人後，連忙抓著我的手，「妳快幫我看看，是不是有什麼跟著我？」

我本來想跟小熊說她後面沒人跟著她，但看見她驚惶的表情，我瞬間醍醐灌頂，領悟過來她的含意。

小熊想知道有沒有阿飄跟著她。

「沒有。」我斬釘截鐵地說，「別說妳身邊了，這裡壓根沒有任何一隻飄，騙妳我就一整個月都加班還拿不到加班費。」

這可以說是非常嚴重的毒誓了，毒到我說完感到心頭一痛。

小熊馬上信了我的話，神情頓時好轉許多，可虛弱的模樣沒多大改變。

「好奇怪……」小熊皺著臉，拉著我往電梯方向走。反正一旁沒其他人，她也沒刻意掩去那些平時容易引人注意的字詞，「既然沒有阿飄跟著我，那我怎麼會突然不舒服？」

「怎樣的不舒服法？」

「就是從昨天晚上回來不久，無緣無故開始胸悶反胃還體虛氣虛，總之整個人忽然間虛得不行。」

電梯載著我們直達六樓，隨著「叮」的一聲，電梯門也朝兩側滑開。

我和小熊走出電梯，進入了小熊現在租的屋子。

裡頭布置成溫馨田園風，東西擺得整整齊齊，和我家客廳就是不一樣，唯一顯得突兀的大概是旁邊堆成小小山的杯麵。

「妳怎麼買這麼多泡麵？」我記得小熊不是熱愛泡麵的人，她要是能吃好，就一定會吃好，絕不虧待自己，「還都是……豚骨的？」

「不知不覺就堆那麼多了……都是爲了男人，唉。」小熊一副愁大苦深的表情。

用腳趾頭想，都能知道她口中的男人不是活的，也不是死的。是二次元的。

不等我多問，小熊自己先解釋起來，「我的新老公的設定就是喜歡吃豚骨拉麵，我想說等卡池開時就能擺個祭壇。」

「有用嗎？」要是有用，我就來試試這方法。

「有時有，有時沒有……可惡啊，男人！」小熊重重嘆了一聲，聲音裡是滿滿令人無法忽視的怨念。

好的，我知道了，沒用程度肯定大於有用。

爲了安撫小熊，我在屋內繞了一圈，連廁所都沒放過。當我再走回客廳，我對著小熊搖搖頭。

「還是沒有，眞的什麼都沒有。」

「眞的沒有？」小熊看起來很震驚，我都懷疑她究竟是想要被纏上還是不想要了，「那我爲什麼會忽然就……」

「妳先說說妳昨晚回來做了什麼？」我打斷小熊的碎唸。

「上廁所蹲大號這種也要嗎？」

「這種有味道的就免了，除非妳上廁所還做了啥奇怪的事。」

小熊開始認眞回想，「昨天也沒幹嘛，就很平常……外面吃了晚餐，回家洗澡，然後就是打遊戲。啊對了，看見之前買的豚骨拉麵太多，我還拆了一杯當宵夜，吃之前還抽了卡，結果……」

「不用說了，明白妳那個結果了。」我晃進廚房裡，看見小熊昨天吃的泡麵紙杯還放在水槽邊晾乾。

我本來只是隨意一看，畢竟泡麵不太可能吃出啥問題。沒想到這一看，看到一件驚悚的事。

「小熊，我問妳。」我轉過頭，平靜地問道：「妳這些泡麵是什麼時候買的？」

「唔，不確定耶。」小熊聳聳肩，「本來以爲角色出了馬上就會實裝，結果又等了好一陣子……不過泡麵不是都能放很久嗎？哈哈哈，妳該不會以爲我是吃了泡麵才……」

小熊看見我面無表情的樣子，笑容不自覺消失，繼而轉成震驚。

「等等，不是吧！不可能吧！」

「就是那個不是吧。」我嘆了一口長長的氣。

行了，破案了。

凶手就是小熊昨晚吃的泡麵。

我將泡麵紙杯戳向小熊，要她好好看清上面的保存期限。

過期一年半以上的泡麵也敢吃，怪不得把自己吃出問題了嘛！

終極武器

今天假日。

按照我本來的計畫，我要先睡到自然醒，但不能超過十二點，否則來不及去外面吃早餐。

吃完早餐，散個步，回家當小廢物。

最後再度過靡爛的床上生活。

別誤會，是躺在床上和我的室友兼新晉女朋友一起看小黃漫。

計畫很完美。

但一切都抵不過一個叫作意外的存在。

我美好的假日隨著肚子咕嚕咕嚕作響化爲烏有。

我淒慘地躺在床鋪上，像條被風乾的鹹魚，要死不活的。

只想爲自己點一首歌。

菊花殘，滿地傷，我的笑容……

完全笑不出來啊混蛋。

陳小姐坐在床邊摸摸我的頭，一臉憐愛地說：

「就告訴過妳了，早餐店大冰奶的威力不同凡響。」

期間限定的分手

我和陳小姐分手了，期間限定的。

分手期的陳小姐不能上我床，不能鑽我被窩，也不能跟我抱抱。

不能怪我冷酷，要怪就怪這幾天的霸王級寒流。

寒流來了，我的電毯和暖氣偏偏也故障了。

才會造成我和陳小姐分手。

期間限定的——陳小姐很堅持一定要加上這句。

或許有人看到這裡，還不能理解這到底有什麼關係。

事實上，關係可大了。

我暫時分手的女友陳小姐，她不是人。

不是在罵她，只是陳述事實。

陳小姐是個鬼，沒有呼吸、沒有心跳，也沒有體溫的那種鬼。

想想看，當霸王級寒流來襲，身邊沒有電毯、沒有暖氣，只有一個跟冰塊一樣冰的女朋友。

就算我再怎麼愛陳小姐，我也拒絕抱著她遇難冷死！

差點又分手

週日應該是悠閒的，一路耍廢到晚上，然後隔天星期一再心不甘、情不願地去上班，當一隻普通稱職的社畜。

原本應該是這樣的。

直到我按到了新聞台，看到了未來一週的氣象預報。

「法克！」髒話瞬間就從我的嘴裡飆出來。

還好啤酒剛已經被我吞下肚，不然它肯定也要跟著噴出來，那就太髒了。

重點是，還得我自己擦。

啊，不對，重點應該是在天氣預報上。

聽見我的怒吼聲，本來窩在房間裡享受小黃書時光的女友飄了出來。

沒錯，是用飄的。

因為鬼不用走路嘛。

室友兼女朋友的陳小姐飄到我身邊，低頭疑惑地看著我，那張臉蛋雖然白得沒有血色，可出塵又漂亮。

只要人人都有陰陽眼，人人見到陳小姐都會忍不住回頭多看幾眼。就是那麼美。

很美而且還是我女朋友的陳小姐看我沒回應，乾脆一屁股坐下來，往我身邊貼。

和美女貼貼我很樂意，尤其是在氣溫開始回暖的天氣裡。

「怎麼了？」陳小姐又問一次。

「明天開始……」我痛苦地擠出聲音，「又要變天，溫度驟降，最冷會十度！」

下一秒我的哀號變大，響徹了整層公寓，但好在我也不須要顧慮擾人清夢的問題，畢竟這層樓以下沒半個住客。

客。

我是指活的。

死的倒是不少個，誰教這棟老公寓不只有陳小姐這隻鬼，還有其他已故房客。

「太過分了，現在都三月了，都三月了耶！今天還熱到二十八度！」我繼續鬼哭神號，以此表達我的憤慨，「結果告訴我這幾天就要變成十度……」

「不會又要分手了吧？」陳小姐只關注這個問題。

我的哀號聲戛然而止，我轉頭看著陳小姐，陳小姐也看著我。

然後美色誤我，害我忍不住往她涼涼軟軟的嘴唇親了上去。

親完我才想起正題，「喔，這次倒是沒有啦。」

說起分手這件事情，不是我和陳小姐感情生變，而是一月多的時候霸王級寒流來襲，但我的暖氣和電毯在那陣子也全都罷工。

要知道，陳小姐是個鬼，沒呼吸、沒心跳，還沒體溫的那種。

沒有兩大神器的加持，我完全沒自信在那時候抱著陳小姐度過寒冬。

我覺得我會先遇難冷死。

所以那幾天我和陳小姐分手了。

如今溫度又要驟降，還降得很過分，但是我摸摸冰冰涼涼的陳小姐，再想想我早已正常的暖氣和電熱毯。

突然覺得我又可以了。

不曉得大家有沒有經驗，夏天冷氣房吃熱呼呼的火鍋，冬天溫暖室內大啖冰淇淋，這種滋味特別難以抗拒。

換個方向想，吹著暖氣、蓋著電熱毯……

然後抱著陳小姐。

嗯，爽！

很大

我買了件新衣服，當作慰勞自己的獎品。

買的時候還有試穿，確保 size 合身。

但買回來之後就束之高閣。

那陣子忙加班忙得不行，不是辦公室待到晚上九點、十點，就是跟著上司南北跑出差。

還碰上寒流來襲，別說穿美美自己看爽了，壓根只想把自己包成一顆球。

這時候，就特別羨慕陳小姐。

陳小姐三百六十五天都不受天氣影響，再冷再熱她都沒有感覺。

畢竟是個鬼了嘛。

等這一波凶猛寒流過去，我終於有時間請特休，新衣服也終於派上用場。

那是件漂亮的洋裝，裙襬還有小刺蝟，是我喜歡的風格。

只是……

寒流帶走的不單是寒冷，還有我曾經稱得上瘦的體重。

媽的，吃火鍋和燒肉吃胖了。

陳小姐飄了下來，看著洋裝穿一半、拉鍊拉不起來的我。

我們之間已經不只是室友關係，還是女女朋友關係。

看就讓她看了。

我遺憾地嘆口氣，把那件證明我已經是個胖子的洋裝脫下。

「妳要試嗎？」我問陳小姐，我覺得她穿起來肯定比我好看。

不能看自己穿美美，看女朋友穿美美也是一種安慰的方式。

陳小姐點點頭，從半透明變成了實體。

我看著她將洋裝穿上，只是在拉拉鍊的時候，她也碰到了一個問題。

嗯，不是和我一樣腰太粗。

而是胸太大拉不上去。

可惡，這問題眞的有點令人羨慕嫉妒恨。

「妳可眞大。」我語氣酸酸地說。

陳小姐看看自己，又看看我，問：

「妳不喜歡嗎？」

我沉默半晌，然後決定不違背自己的心意。

我就是這麼一個膚淺的女人。

哈嘶，我愛大！

To Be Continued.

獨家收錄

人鬼戀情側錄・房客

西寧區那條巷子的那棟凶宅。

聽起來有點繞口，不過那就是我現在住的地方。

如果要問我怕不怕住凶宅……

我會說：當然不怕，因爲我就是造成凶名的其中之一飄！

其中之一，表示除了我之外，還有一二三四五六。

鬼口如此眾多，任誰看了都會忍不住說一聲，眞是個大家庭呢！

實際上，這大家庭還要更大一點。

但當時剛死的我不知道。

死亡之前，我是這棟老公寓的房客，入住前也知道這是間凶宅，除了價格便宜到不科學外，最主要還是……

我是當地人，聽說過這棟公寓的名聲。

但也只是聽說，沒相信過。

畢竟現在哪裡沒死過人，至於什麼靈異傳聞、鬼影幢幢、夜半哭聲，或是詭異閃爍的燈光……

這也都能用科學解釋嘛。

反正，我住進去了，然後就發生意外而過世。

甚至跟撞鬼沒關係，就是眞的、很單純的、失足墜樓。

但在外人看來，我的死肯定跟公寓裡的鬼脫不了關係，於是就這樣替公寓再添一則靈異傳說。

說到我失足墜樓的原因，就得說一下我的愛好。

我喜歡百合漫畫。

用最淺顯易懂的方式來說，就是我喜歡看兩名漂亮女生談戀愛，最好滾個床單的漫畫。

三次元不在我守備範圍，我是忠貞的二次元黨。

事情就發生在我剛買到喜歡作者的新本子，還幸運地搶到了特典後。

兩名女主角甜蜜親親的海報。

都怪我那天窗戶沒關，外面風大，結果擺在桌上的海報被風捲至外面。

我一心急著救回海報，結果一不留神，人就這麼往下栽。

等我回過神，我就看見「我」腦袋開花，人躺在路上，一指之遙是我搶救不及的海報。

它攤在陽光下，畫面依舊如此唯美，如此……

讓我想要捂臉尖叫。

這張特典海報的兩個女生除了甜蜜蜜親吻外，還是光著身體親的！

別啊！

身死是一回事，

死後還要面臨社死，真的太過分了！

我墜樓的動靜終究引來附近居民的注意，很快就聽到腳步聲往這裡接近。
偏偏我都變成鬼魂了，卻還碰不到海報，我後來才知道是剛死所以菜。
就在這危急之刻，路面上的海報忽地自動燃燒，轉眼就成了一堆灰燼。
接著我的手中出現那張海報。
這時，跑過來的居民也發現「我」了，此起彼落的驚叫聲中，我震驚地看著一名長髮女人平空出現。
她長髮飄飄，髮絲下的美麗面龐好似帶著一股脫俗仙氣。
她淡淡地看了我一眼，接著就穿牆進入老公寓裡。
這是我第一次看到傳說中的那位阿飄。
沒人知道她叫什麼名字，只知道她姓陳。
西寧區的鬼都稱她爲，陳小姐。
陳小姐和我們這些普通鬼不一樣，她有著「西寧區地頭蛇」的稱號。

一拳能打飛十個鬼，凡是敢來找麻煩的，都被她扔去沉河了。

雖然陳小姐的威名挺嚇人，強而有力的拳頭跟巴掌也確實挺嚇人。

但人家再怎麼說都是挽救我免於社死的大恩人。

我死後就留在老公寓裡，想著要與陳小姐打好關係，做點敦親睦鄰的事。

但陳小姐幾乎是神龍見首不見尾，平時都看不見她。

根據我的鄰居ＡＢＣＤＥＦ所說──他們都是比我早死的老房客，知道的也更多──陳小姐不喜歡被人打擾，她就住在五樓的頂樓加蓋套房裡。

自從我成爲外界眼中這棟老公寓的第七位死者後，接下來好長一段時間，再也沒有任何一位新房客入住了。

當鬼的日子沒什麼特別的，感覺和當人時差不多，就是我三不五時得託個夢給家人，請他們燒點百合本子給我。

有一天，老公寓的大門又被推開，房東帶著一名女性進來看房。

當我們知道她是去看頂加套房時，都覺得這合約肯定簽不成。

那可是陳小姐的地盤。

陳小姐不喜歡有人打擾。

我們幾個飄都在賭，她會製造各種靈異現象把人趕跑。

結果我們全賭輸了，頂加套房居然第一次成功租出去！

那名新房客綁著馬尾，有點三白眼，眼下有著社畜常見的淡淡黑眼圈，臉上沒什麼表情。

陳小姐特地在我們面前露了臉，說那是她的新室友，叫小蘇，上班辛苦，沒事別打擾人家。

小蘇搬進來沒多久，老公寓就發生大事了。

誰也沒想到原來優雅美麗安靜的陳小姐，也能發出接近野獸咆哮的聲音。

「**不准逆我的CP——**」

那一吼震住了我們所有阿飄，同時也讓我們對那位小蘇心懷敬意。

我這時才恍然大悟，怪不得之前人家對我用來敦親睦鄰的百合本本沒興趣，陳小姐原來喜歡看男男的本子啊！

之後陳小姐不再總是隱藏起來，還讓我們現身對小蘇自我介紹。

從小蘇抽搐的嘴角來看，她顯然不是很想跟我們認識認識。

也就是從這時候開始，我敏銳地察覺到什麼。

我心中產生了一股預感。

預感成眞的那天也終於到來。

那一天，陳小姐敲開了我住的房間門，衝著我點了點頭，於是我將早就整理好的百合本一二三四五六七……鄭重地交給她。

本子內容花樣眾多，但劇情中心只有一個。

——當妳的純情室友火辣辣，如何成功把人追回家。

加油吧陳小姐！

身爲百合二次元愛好者的我，會默默支持三次元的妳們的！

〈房客〉完

後記

發想是從「不准逆我的CP」這句話開始。

起初是想寫個小短篇，講一對互逆CP的人鬼室友。

當時的主角連名字都沒有，雖然後面還是只有暱稱 XD

但有陳小姐喊出了那句充滿靈魂的吶喊，更多屬於她們生活相處的小段子接二連三地自動冒出來。

於是這棟鬧鬼的老公寓漸漸完善，小蘇身邊的親朋好友，包括阿飄室友A到G都有了更具體的樣貌。

當時寫的都是幾百字小短文，就先在噗浪上連載。

隨著小蘇和陳小姐的生活越來越熱鬧，爲她們倆寫一個更長一點故事的念頭也浮出，就有了「那條小路」的事件。

也是在寫「那條小路」的時候，她們的關係不知不覺變得更親密，等我反應過來，兩個角色已經從室友成爲了女朋友。

這成爲我的第一個百合故事。

初期因爲字數偏少，因而先以個誌呈現。

隨著字數累積得越來越多，因緣際會下，陳小姐系列有了成爲商業誌的機會。

能夠由星期一回收日老師繪製封面眞的非常開心，老師細膩的色彩和筆觸一直都好喜歡。

收到陳小姐和小蘇的封面，立刻、火速，先設爲我的桌布！

她們眞的太好看啦!!!

放大看更是能感受到顏色和細節都是滿滿驚喜~~

不論是先前有在連載時看過的老朋友，或是初次接觸這系列的新朋友，希望陳小姐和小蘇能爲你們帶來快樂。

那麼接下來～

陳小姐和小蘇的感情又會如何進展，這部分可以從書名上看出端倪喔。

就讓我們一起期待下一本！

醉琉璃

國家圖書館出版品預行編目資料

我的室友陳小姐，是個鬼/醉琉璃著. --初版. --台北市
: 蓋亞文化有限公司, 2025.04
面； 公分. -- (故事集 ; 42)

ISBN 978-626-384-187-1(第1冊 : 平裝)

863.57 114003112

故事 集 042

我的室友陳小姐是個鬼

作　　者　醉琉璃
封面插畫　星期一回收日
封面設計　單宇
責任編輯　林珮緹
主　　編　黃致雲
總 編 輯　沈育如
發 行 人　陳常智
出 版 社　蓋亞文化有限公司
地址：台北市103大同區承德路二段75巷35號
電話：02-2558-5438　傳眞：02-2558-5439
電子信箱：gaea@gaeabooks.com.tw
投稿信箱：editor@gaeabooks.com.tw
郵撥帳號 19769541　戶名：蓋亞文化有限公司
法律顧問　宇達經貿法律事務所
總 經 銷　聯合發行股份有限公司
地址：新北市新店區寶橋路二三五巷六弄六號二樓
電話：02-2917-8022　傳眞：02-2915-6275
港澳地區　一代匯集
地址：九龍旺角塘尾道64號龍駒企業大廈10樓B&D室
電話：+852-2783-8102　傳眞：+852-2396-0050
初版一刷　2025年04月
定　　價　新台幣310元
Published and printed in Taiwan

ISBN / 978-626-384-187-1

ST042
GAEA

我的室友陳小姐是個鬼

蓋亞文化　讀者迴響

感謝您在茫茫書海中選擇了蓋亞，您的支持是我們最大的動力。
不要缺席喔，讓我們一起乘著夢想的羽翼，穿越時空遨遊天地！

姓名：	性別：□男□女　出生日期：　年　月　日
聯絡電話：	手機：
學歷：□小學□國中□高中□大學□研究所	職業：
E-mail：	（請正確填寫）
通訊地址：□□□	
本書購自：　縣市　書店	
何處得知本書消息：□逛書店□親友推薦□DM廣告□網路□雜誌報導	
是否購買過蓋亞其他書籍：□是，書名：	□否，首次購買
購買本書的動機是：□封面很吸引人□書名取得很讚□喜歡作者□價格便宜□其他	
是否參加過蓋亞所舉辦的活動： □有，參加過　場　□無，因為	
喜歡出版社製作什麼樣的贈品： □書卡□文具用品□衣服□作者簽名□海報□無所謂□其他：	
您對本書的意見： ◎內容／□滿意□尚可□待改進　◎編輯／□滿意□尚可□待改進 ◎封面設計／□滿意□尚可□待改進　◎定價／□滿意□尚可□待改進	
推薦好友，讓他們一起分享出版訊息，享有購書優惠 1.姓名：　e-mail： 2.姓名：　e-mail：	
其他建議：	

◎請沿虛線剪開、對摺、裝訂後寄出

廣告回信 郵資免付
台北郵局登記證
台北廣字第00675號

GAEA

TO：蓋亞文化有限公司　收

103 台北市承德路二段75巷35號1樓

GAEA

GAEA